音视频普及版

【元】元好问 等◎著

国学传世经典 名师导读丛书

散曲一百首

总主编 胡大雷

主编 阙真 王晨

漓江出版社

图书在版编目（CIP）数据

散曲一百首 /（元）元好问等著；胡大雷总主编. -- 桂林：
漓江出版社，2023.1
（国学传世经典名师导读丛书）
ISBN 978-7-5407-9308-1

Ⅰ. ①散… Ⅱ. ①元… ②胡… Ⅲ. ①散曲-作品集-
中国-元代 Ⅳ. ①I222.9

中国版本图书馆 CIP 数据核字（2022）第 182625 号

散曲一百首　SANQU YIBAI SHOU

作　　　者　【元】元好问等　著
总　主　编　胡大雷
主　　　编　阙真　王晨

出　版　人　刘迪才
策 划 统 筹　林晓鸿　陈植武
责 任 编 辑　林晓鸿
助 理 编 辑　秦　灵
装 帧 设 计　林晓鸿
责 任 校 对　徐　明
责 任 监 印　杨　东

出 版 发 行　漓江出版社有限公司
社　　　址　广西桂林市南环路 22 号
邮　　　编　541002
发 行 电 话　010-65699511　0773-2583322
传　　　真　010-85891290　0773-2582200
邮 购 热 线　0773-2582200
网　　　址　www.lijiangbooks.com
微信公众号　lijiangpress

印　　　制　河北赛文印刷有限公司
开　　　本　710mm×1000mm　1/16
印　　　张　13
字　　　数　205 千字
版　　　次　2023 年 1 月第 1 版
印　　　次　2023 年 1 月第 1 次印刷
书　　　号　ISBN 978-7-5407-9308-1
定　　　价　36.80 元

前言

胡大雷

古今中外都说"上学读书"。读什么书？其中之一就是读国学经典。习近平总书记说："实现中国梦必须走中国道路、弘扬中国精神、凝聚中国力量。"中国精神，体现在中国人的行为实践中，也体现在国学经典里。国学经典集中传统文化的精华，把古往今来中国人的行为实践概括为语言文字，凝聚为学术知识。

从国学经典里，我们可以读到什么、学到什么？

第一，我们学到了中国人治国理政的作为、做人做事的规范。古代的"经书""垂世立教"，就是用以传承的治国理政的纲要，读"经书"，就是要懂得做人的规范，比如《论语》倡导的"仁礼孝德""温良恭俭让"等。做人要诚己刑物，以自己的真诚去匡正社会。

第二，我们坚定了以爱国主义为核心的民族精神，以此凝聚与铸牢中华民族共同体意识。《春秋》讲"大一统"，所谓"六合同风，九州共贯"；司马迁《史记》讲"大一统"，"大一统"是贯穿中华民族爱国主义精神的一条红线，成为中华民族的精神基因。从《诗经》到屈原的《离骚》，从杜甫的诗句中，从文天祥的《正气歌》、林则徐等人的作品中，我们看到国学经典中有着怎样的对国家民族的期望。爱国主义精神又体现在"天下兴亡，匹夫有责"的名言以及范仲淹"先天下之忧而忧，后天下之乐而乐"的豪言壮语中。

第三，我们读到了中国人的智慧。老子《道德经》说："上善若水，水善利万物而不争。"而且如此智慧的语言又体现在执行能力上，习近平总书记就提出，领导者要有老子《道德经》所说"治大国如烹小鲜"的态度。"穷则独善其身，达则兼济天下。"儒道两家为人处世的智慧体现在其中。《庄子》讲"无以人灭天，无以故灭命"，教导我们要与自然相适应；讲"言者所以在意，得意而忘言"，昭示我们要探究事物更深层面的道理。墨子讲

"言有三表"，指明判断真理的几大标准。孟子讲"说诗者不以文害辞，不以辞害志"，讲"知人论世"，以智慧去实施文学批评。这些都值得当代人借鉴。

第四，我们读到了中国人建设美好家园的奋斗精神。孔子称"大道之行也，天下为公。选贤与能，讲信修睦"为人类的理想世界；陶渊明《桃花源记》描摹的桃花源。国学经典中多有对理想社会的叙写，但更多的则是告诉我们如何通过奋斗来实现生活的目标，如"愚公移山"。习近平总书记指出："我们要立下愚公移山志，咬定目标、苦干实干，坚决打赢脱贫攻坚战。""让我们大力弘扬愚公移山精神，大力弘扬将革命进行到底精神，在中国和世界进步的历史潮流中，坚定不移把我们的事业不断推向前进，直至光辉的彼岸。"这些重要论述，赋予传统文化中的奋斗精神以新的时代内涵。

第五，我们得到了文学的享受。国学经典各有文体，它们尽显各自的风采。从语言格式来说，古老《诗经》的四言、《楚辞》的"兮"字体，又有五言、七言及其律化，曲词的长短句，无所不用，只求尽兴尽情。除诗以外，文分散、骈，不拘一格，无不朗朗上口，贴切合心。从表达功能来说，或抒情，或说理，或叙事，读者赏心悦目，便是上乘之作。

我们是中华民族的传人，一呱呱落地，就接受着传统文化的阳光雨露；我们每一个中国人，无论老幼，无论从事什么职业，都应该善于学习，多读国学经典。中华文化是我们的精神家园，国学经典是我们精神家园的文本载体。今天，我们读国学经典，就是树立做一个中国人的根本，就是为了传承中华优秀传统文化，令其生生不已，并赋予新的时代内涵。

为了帮助广大读者学习和阅读国学经典，强化记忆，编者精心选编了这套国学经典丛书，设置导读、注释、译文、点评、拓展阅读、学海拾贝等版块，对原著进行分析解读，并在每本书附加 60 分钟的音视频画面，范读内容均为经典段落、格言警句及诗词赏析。本套书参考引用了历代学者或今人的研究成果，未能详细列出，在此特别说明，并对众多国学研究者的辛勤劳动致以谢忱！

书路领航

散曲简介

散曲，与戏曲相对而言，它是继诗词而兴起的一种新的诗歌体式，与宋金时期新的音乐形式的流行密不可分。元代是散曲文学勃兴的时代，它一跃而与诗词分庭抗礼，甚至后来居上，成为诗坛的主要诗歌体裁，与唐诗、宋词并举，世称"唐诗宋词元曲"，在文学史上自有独特的地位。

"散曲"一词，作为文体名词的出现，是在散曲文学兴盛之后。元人于散曲文体之称谓主要有三种：一是"小令"，亦称"叶儿"，指独立成篇的单支曲；二是"套数"，指由两支或两支以上按照一定规则组合而成的组曲；三是"带过曲"，由两三支音律相衔接的曲子组成。散曲的音乐，包含各地流行的民间小调、原有的一些宋词词调，还有唐宋以来的大曲、鼓子词等的曲调方式，以及少数民族音乐的传入与渗透。散曲是多民族音乐交流、融合的产物。

元代散曲的早期作家多为北方人，尤以杜仁杰、关汉卿、白朴、马致远、卢挚等人成就突出。其中马致远创作题材宽广、意境高远、形象鲜明、语言优美、音韵和谐，被誉为"曲状元"。元后期，散曲成为诗坛的主要体裁。散曲作家大量涌现，主要作家有张可久、张养浩、睢景臣、贯云石、徐再思等。随着时间的推移，散曲创作出现文人化、专业化等特征。后期最有代表性的散曲作家张可久，其传世之作在元代首屈一指，他的小令作品达八百五十多首，风格清丽婉约，成为元散曲曲风转变的关键人物。

元朝灭亡后，散曲开始衰落。尽管如此，散曲仍然称得上是中国文学宝库中一颗璀璨的明珠。

创作背景

散曲作为一种新体诗，兴起于宋金时期，是我国古典诗歌不断推陈出新的产物，主要是我国韵文及音乐本身发展演进的结果。

词本来也是产生于民间的一种通俗文学，后来在文人手中体裁、音律愈益讲究，逐渐变为典雅绚丽的词藻堆砌。在词的生命力不断衰减时，人们一方面求变化于旧曲，另一方面寻新调于民间，一种崭新的曲子应运而生。

元代是散曲的黄金时代，在散曲雄霸诗坛的历史演进中，元好问、杜仁杰、刘秉忠、杨果等一批由金入元的名士大僚，以名公重臣的身份染指时曲，具有揄扬新声之功。随着关汉卿、王和卿等勾栏才人作家登上曲坛，曲文学进入始盛阶段。关汉卿、王和卿等勾栏才人作家与白朴、卢挚、姚燧等名士重臣一道，共同推波助澜，使散曲文学开始走向繁荣。无论是题材倾向、体式特征还是审美风格，已呈现出鲜明的体式风貌和时代特征。继关汉卿、王和卿、白朴、卢挚之后，马致远、贯云石、张养浩、冯子振、薛昂夫、张可久、乔吉、徐再思、周文质、杨朝英等人在曲坛上相继展露才华。以马致远、贯云石、张养浩等为代表的豪放一派，多愤世嫉俗之作，将叹世归隐的主旋律弘扬无限；以张可久、乔吉、徐再思等为代表的清丽一派，多恋情山水之曲，把自然与人情的审美推向极致。豪放派豪辣酣畅，清丽派舒缓醇丽，风格不同，各放异彩。它们共同创造出了散曲发展的繁荣景象。

正是大批才华出众的文士的加入，促使散曲不断走向成熟。此外，散曲之所以在元代发展得如此迅猛，与当时的时代背景也有着密不可分的关系。元代疆域辽阔，都市经济繁荣，拥有宏大的剧场、活跃的书会和日夜络绎不绝的观众。当时，既有在宫廷中编排和演出戏曲的教坊司，又有很多民间剧团在城乡巡回演出，主要的演出场合包括勾栏与瓦舍，这些都是城市中的公共娱乐场所，热闹非凡。这一点，从元代散曲作家杜仁杰的《耍孩儿·庄家不识勾栏》中可以窥见一斑。"正打街头过，见吊个花碌碌纸榜，不似那答儿闹穰穰人多。"可见元代的勾栏是城市中一个人流密集的场所；"要了二百钱放过咱，入得门上个木坡。见层层叠叠团圐坐，抬头觑是个钟楼模样，往下觑却是人旋窝"生动刻画了元代剧场的建筑特点和演出时的盛况。有这样的群众基础，散曲和杂剧的发展都是必然的结果。

同时，元代长期不举行科举，大批底层知识分子无力进入仕途，于是将自己的才华尽情挥洒在散曲上，创作出大批抒发怀才不遇、揭露社会黑暗、反映百姓生活的散曲佳作。散曲俚俗、率直、诙谐、浅白，深受百姓喜爱，反过来又给创作者提供了广阔的发展空间。

总之，散曲的诞生是诗歌自然演进的结果，散曲又有着深厚的群众基础，因而迅速成为主流诗体，诞生了大批佳作。

内容提要

本书作为元代散曲的入门读物，所选作品全部都是小令。小令源于词的小令，是散曲的基本单位。由于小令篇幅相对短小，格律相对宽松灵活，迅速成为散曲作家的首选，涌现出了大量的杰出作品。

本书选取了一百首脍炙人口的作品。如马致远的《天净沙·秋思》："枯藤老树昏鸦，小桥流水人家，古道西风瘦马。夕阳西下，断肠人在天涯。"此曲有"秋思之祖"之称，曲中用短短的二十八字描绘了一幅秋郊夕照图，从而刻画出旅人漂泊的心境。看似写景，重在抒情。景色与作者的感受融合在一起，创造出充满凄楚孤寂之意的艺术境界。且结构精巧、朗朗上口，历来被视作小令乃至元曲的代表之作。张养浩的《山坡羊·潼关怀古》，抚今追昔、感情深沉，并在结尾喊出"兴，百姓苦;亡，百姓苦"之语，有着悲天悯人的情怀。作品由景及情，由情立论，首尾贯通，气势雄浑，是一首思想性、艺术性俱佳的散曲杰作。散曲中极多直抒情感的作品，徐再思的《蟾宫曲·春情》堪称其中的典型之作，尤其是"平生不会相思，才会相思，便害相思。身似浮云，心如飞絮，气若游丝"几句，极为婉转流美，描摹感情入木三分。

　　本书精选了一百首小令作品，包括对其精心的注释、翻译、赏析，并附上作者小传。为了加深读者的理解，还对相关内容进行了拓展，力求让读者领略散曲的魅力。

目录

CONTENTS

目录

CONTENTS

元好问

【名师导读】

元好（hào）问（1190—1257），字裕之，号遗山。太原秀容（今山西忻［xīn］州）人。金元之际著名文学家、史学家，有"北方文雄""一代文宗"之称。他原本是金代进士，官至翰林知制诰，金亡后隐居不仕，潜心著述，致力于保存金代文化，编成《中州集》《壬辰杂编》等具有极高史料价值的著作。元好问诗、文、词、曲各体皆佳，其中以诗的成就最高。其散曲现存小令九首，还没有脱离词的韵味，但对元曲的发展有着不可低估的影响。

【黄钟】人月圆·卜居外家东园①

玄都观里桃千树②，花落水空流。凭③君莫问：清泾浊渭，去马来牛。④谢公⑤扶病，羊昙⑥挥涕，一醉都休。古今几度：生存华屋，零落山丘。⑦

【注释】

①人月圆：词牌名，也是曲牌名，入黄钟宫。卜居：择地居住。外家：外公家。

②"玄都观"句：引自唐代刘禹锡《元和十年自朗州至京戏赠看花诸君

子》"紫陌红尘拂面来，无人不道看花回。玄都观里桃千树，尽是刘郎去后栽"。玄都观，唐代长安（今陕西西安）城郊的一座道观。

③凭：请。

④"清泾浊渭"二句：化自唐代杜甫《秋雨叹》"去马来牛不复辨，浊泾清渭何当分"。泾、渭皆是河名，在西安汇合，泾水清而渭水浊。

⑤谢公：东晋政治家谢安，在著名的淝水之战中担任东晋一方的总指挥，是保全东晋王朝的中流砥柱。因为声望太高遭到皇帝及宗室权臣排挤而抑郁成疾病逝。

⑥羊昙：谢安之甥，东晋名士，深受谢安爱重。《晋书·谢安传》记载，谢安生病回京时曾路过西州路（在今江苏南京），他病逝后羊昙就不再走西州路。一天，羊昙酒醉后误入西州门，悲痛不已。一边用马鞭敲击着西州门，一边吟诵曹植《箜（kōng）篌（hóu）引》中"生存华屋处，零落归山丘"两句，恸哭而去。

⑦"生存"二句：化自三国魏曹植《箜篌引》"生存华屋处，零落归山丘"。

【译文】

玄都观里曾有数不清的桃花盛开，而今花瓣凋零，流水徒劳地奔流。您无须再问：那水是清还是浊，对岸来来去去的是马还是牛。

谢公回到京师时已经重病缠身，羊昙因误入西州门而痛哭流涕，此等事大醉一场才能忘怀。古往今来反复上演着相似的一幕：活着时身居高屋大宅，离开时被掩埋在荒凉的山丘。

【赏析】

金哀宗天兴元年（1232 年），蒙古军围困金朝的都城南京（今河南开封），金兵大败。在蒙古军攻破忻州后，元好问不得已逃离故乡。这首小令写于他二十余年后携家回归故里之时，当时他借住在外公家的东园之内。他创作了两首《人月圆·卜居外家东园》，这里选的是第二首。

开头一句，化用唐代刘禹锡诗句，隐约影射了金朝灭亡，江山易主。"花落水空流"句，透露出无力挽救国家于危难的无奈，流露出对国家覆灭的无尽伤感。"凭君莫问"三句，化用前人诗句，也是在表现他身逢国难，满心悲凉。作者在感慨金朝盛哀兴亡的同时，却不愿意提及导致衰亡的主观原因，还劝人不必追问"清泾浊渭，去马来牛"。欲吐复吞，倍增沉痛。

"谢公扶病"后几句，用谢安、羊昙之典，透露出自己卜居东园的无奈，并归结到"一醉都休"的沉醉。这里虽然用了羊昙的典故，但所表现的却不仅是一般的存殁之戚和知己之感，而且具有社会乱离的广阔内涵，因而更能打动人心。

这首小令典雅沉郁，兼具词与曲的特点，体现出由词入曲的典型特征，是散曲发展史上的重要作品之一。

【双调】骤雨打新荷

绿叶阴浓，遍池亭水阁①，偏趁凉多。海榴②初绽，朵朵簇红罗③。乳燕雏莺弄语，有高柳鸣蝉相和。骤雨过，似琼珠乱撒，打遍新荷。

人生百年有几，念良辰美景，休放虚过。穷通前定④，何用苦张罗。命友⑤邀宾玩赏，对芳樽⑥浅酌低歌。且酩酊⑦，任他两轮日月，来往如梭。

扫码看视频

【注释】

①水阁：水边的楼阁。

②海榴：石榴。因从海外移栽到中国，故称。

③罗：一种稀疏而轻软的丝织品。

④穷：困厄。通：顺遂，发达。

⑤命友：邀请朋友。

⑥芳樽：精致的酒器，也借指美酒。樽，酒杯。

⑦酩（mǐng）酊（dǐng）：酒醉的样子。

【译文】

翠绿的枝叶形成浓荫，覆盖着池塘及水畔的亭台楼阁，凉意浓浓。石榴花刚刚绽放，像罗裙一般鲜艳，散发着馨香。幼鸟声声啼鸣，高高的柳枝上的蝉鸣声与其相和。一场骤雨降下，珍珠一样的雨点四处乱溅，打遍池塘中新长出的荷叶。

人生能有多少光阴，想想那良辰美景，应该尽情欣赏，不要虚度。命运的好坏前生已定，何必再去苦苦操劳呢。邀请宾客朋友一同来欣赏美景，饮酒歌唱。不妨喝个酩酊大醉，任凭光阴似箭，日月如梭。

【赏析】

此曲为元代广为流传的佳作，众多名姬曾歌舞此曲，极为流行。曲子的大意是赏景劝饮。

上曲描写盛夏流连美景的乐事。繁茂绿荫、初绽榴花、鸟语蝉鸣、雨后新荷，作者层层叙写，引人渐入佳景。一幅盛夏美景图，展现在人们眼前。有清新明快的色彩，也有美妙的声响，声色皆俱，动静结合。最妙的是那一场骤雨，让画面顿时变得灵动活跃了起来。"打遍新荷"的"打"字如此生动，和鸟语蝉鸣的声响融合，尽管有些喧闹，却有"蝉噪林逾静，鸟鸣山更幽"之妙，更显现出夏日的安宁。

下曲即景抒怀。作者抒发了自己心中的感慨：人生如此短暂，不要虚度光阴；不如和知心友人一起饮酒高唱，忘记时光的流逝。这种及时行乐的说法从表面上看十分旷达，却无法掩饰作者内心的苦闷。因此可以说下曲既旷达又低沉。

这首散曲中所描绘的景致非常独特，"骤雨打新荷"一类生机盎然的夏令时节，为读者津津乐道。它不仅流露出浓郁的生活情趣，还体现了作者对自然美的发现与再造功力，是一篇不可多得的佳作。

延伸/阅读

金朝文学

金朝（1115—1234）是中国历史上由女真族建立的封建王朝，与南宋相对峙。女真人汉化程度较高，金朝统治者在政治体制上逐渐全面汉化，推崇儒家思想，实行科举制，因此诞生了一批出色的文人。金代文学的主要代表人物蔡珪，是海陵王年间的进士，官至翰林修撰同知制诰，其文学成就主要表现在文章方面。

金代诗歌，名家辈出。以元好问为代表的金代晚期诗人，将战乱之苦和亡国之痛灌注笔尖，创作了大量感人至深的作品，是"国家不幸诗家幸，赋到沧桑句便工"（清赵翼《题遗山诗》）的生动写照。金代的词也有较大成就，代表作如元好问的《摸鱼儿·雁丘词》，其中的佳句脍炙人口："问世间，情是何物，直教生死相许？"极写大雁的艰辛与痴情，写出一种精诚不二、忠贞深挚的精神力量。语句沉郁，想象奇伟，借物寄情，整个作品极富感染力。金代散文的代表作家有赵秉文、王若虚和元好问等。此外，金代市民阶层文学特别是杂剧和诸宫调的兴起，对元曲尤其是北曲产生了直接的影响。

学海/拾贝

☆ 古今几度：生存华屋，零落山丘。

☆ 骤雨过，似琼珠乱撒，打遍新荷。

杨 果

　　杨果（1195—1269），字正卿，号西庵。祁州蒲阴（今河北安国）人。金代进士，曾任蒲城令等职，入元后，官至参知政事，以清廉干练著称。工文章，长于词曲，著有《西庵集》。散曲作品今存小令十一首、套数五套，风格典雅，有由词向曲过渡的痕迹。

【越调】小桃红①

　　满城烟水月微茫，人倚兰舟②唱。常记相逢若耶③上，隔三湘④，碧云望断空惆怅。美人笑道：莲花相似，情短藕丝长。

【注释】

　　①小桃红：曲牌名，又名《武陵春》《采莲曲》《绛（jiàng）桃春》《平湖乐》，越调中常见的曲牌之一，剧曲以及散曲中套数和小令都有应用。

　　②兰舟：木兰树做成的小舟，后演化为船的美称。

　　③若耶：若耶溪。相传曾是西施浣纱之处，又称"浣纱溪"，位于会（kuài）稽（今浙江绍兴）若耶山下。

　　④三湘：是位于湖南省境内的漓湘、蒸湘、潇湘三水的合称，也泛指湘江流域一带。

【译文】

全城都笼罩在水上升起的轻烟和朦胧的月色之下，美人倚靠在兰舟上轻声吟唱。常常想起我们在若耶溪畔相遇，隔着三湘之水，望穿了碧空的云彩，却落得惆怅断肠。美人唱完后笑着说，我们两人就像莲花，相处短暂但思念像藕丝一样长。

【赏析】

杨果作为早期的散曲作家，他的作品带有乐府民歌和宋词色彩。这支《小桃红》正是这样。

这是一支赞美男女恋情的散曲。在这支曲子的开头，作者先构建了一个恬淡幽静的场景：水烟缭绕，月色朦胧，其间依稀有人倚在兰舟上低声浅唱。由此作者不禁回想起了曾经在若耶溪畔相会的心上人。接下来的"隔三湘"两句，是作者向对方倾诉自己的爱慕与相思。以空间的辽阔和年岁的久远，来表现作者心中爱之深切与执着。

最后三句中，美人嫣然一笑的回答，对作者的思念作出了回应。她把自己的爱情比作莲花，"莲"与"怜"谐音，认为他们的情缘虽然很短，但相思之情却藕断丝连，十分绵长。美好的情感之中又夹杂着无奈与惆怅，令人感慨。

作者在寥寥数语中寄托了感人至深的情怀，比喻动人，谐音双关，充分展现了语言的美感，这也是这支曲子有着不朽的艺术生命力的原因。

【越调】小桃红

采莲人和采莲歌①，柳外兰舟过。不管鸳鸯梦惊破，夜如何？有人独上江楼卧。伤心莫唱，南朝旧曲②，司马泪痕多③。

【注释】

①和（hè）：相互唱和。采莲歌：泛指南方地区妇女采莲时唱的歌曲，也暗指南北朝时期南朝的《西洲曲》《采莲曲》等民歌。

②南朝旧曲：指南朝陈后主陈叔宝所制《玉树后庭花》。此歌绮艳轻薄，由男女唱和，听之令人悲伤，被称为"亡国之音"。

③司马泪痕多：化用唐代白居易《琵琶行》"座中泣下谁最多？江州司马青衫湿"。

【译文】

采莲人互相唱和着采莲歌，划着轻舟从杨柳飘拂的岸边经过。她们全然不顾歌声惊醒了与恋人相会的美梦，现在是夜晚的什么时辰？此时有人正独自睡在江楼之上。不要再唱令人伤心的南朝旧曲了，以免失意的人泪落衣裳。

【赏析】

作者杨果是由金入元的诗人，金朝灭亡五年之后才出来做官。有这样的人生经历，才使得作者心中藏着深切的兴亡之感，这番感慨通过这首婉曲而隐讳的曲子抒发了出来。

曲子开头两句散发着民歌的芬芳，将一幅有声有色的画面描绘了出来：柳外荡舟、莲歌相和，充满诗的韵味。正是这一美妙的情景，引发了作者的联想。接下来三句，惊破鸳梦，独上江楼，多么清冷，多么孤独，与前面那一派热闹和欢笑形成了强烈的反差。冷热相间，悲喜交错，使悲凉更显悲凉，孤独更显孤独。

被惊醒的梦是什么？那个独上江楼的人心中有着什么惆怅？在曲子结尾三句中，如画龙点睛一般地交代了出来，同时也点明了曲子的真正意蕴。金朝的腐败、元代的黑暗都包含在这寥寥数语之中，并巧妙地抒发出"故国黍离"的哀思。

这首曲子通篇没有刻意修饰的辞藻，看似平凡实则婉曲的词句使得曲子余味无穷，引发读者的想象。

延伸/阅读

散曲的宫调

古代音乐分为高低不同的音阶，其中的"五音"是宫、商、角、徵（zhǐ）、羽这五声音阶，即乐音的相对音高。此外，在古代音乐中，一个八度还分为十二个半音，就是十二律：黄钟、大吕、太簇、夹钟、姑洗、中吕、蕤（ruí）宾、林钟、夷则、南吕、亡射（yì）、应钟。十二律系乐音的绝对音高。散曲的宫调由五音和十二律互相配合而成。

散曲以琵琶四弦定为宫、商、角、羽四声，每弦上构成七调，宫声的七调叫宫，其他的都叫调，共得二十八宫调。散曲的宫调之中常用的是其中的十二种：仙吕、南吕、中吕、黄钟、正宫、大石调、小石调、般涉调、商调、商角调、双调、越调。在选用宫调的时候，按照音律的风格，以调合情，或喜或悲或哀怨，都有一定的习惯。例如，游赏用仙吕、双调等宫调，哀怨则用商调、越调等宫调。

学海/拾贝

☆ 美人笑道：莲花相似，情短藕丝长。

☆ 伤心莫唱，南朝旧曲，司马泪痕多。

刘秉忠

名师导读

刘秉忠（1216—1274），初名侃，字仲晦，自号藏春散人。元代著名政治家、书法家、曲作家。先世为瑞州人，后移居邢州（今河北邢台）。在元世祖忽必烈即位前被召见，留侍左右，改名秉忠。后位至太保，参领中书省事。自幼好学，至老不衰，博学多才，擅长诗、词、书法，著有《藏春集》。现存小令十二首。

【南吕】干荷叶①

干荷叶，色苍苍②，老柄③风摇荡。减了清香，越添黄。都因昨夜一场霜，寂寞在秋江上。

【注释】

①干荷叶：又名"翠盘秋"，为刘秉忠自度曲。原作共八首，这是第一首。

②苍苍：深青色。

③老柄：干枯的叶柄。

【译文】

干枯的荷叶，颜色苍苍，枯老的叶柄在风中不住地摇晃。清香一点点减退，颜色一点点枯黄。都是因为昨晚下的那一场霜，使得秋季江面上的荷叶更显寂寞、凄凉。

【赏析】

这是作者一组八首《干荷叶》中的第一首。曲中的荷叶可以视作作者的自喻：干枯的荷叶和垂暮的诗人一样，在寒冷的秋风中忍受着无边的孤寂落寞。

这支小令开篇便从曲牌名的立意出发，描写了荷叶干枯后在风中摇荡的情态。叶干、色苍、柄老，着墨不多，却形象地描述出干荷的状态，成功烘托出一种冷寂、萧条的氛围。接下来两句是对荷叶描绘的补充，从颜色、气味的慢慢变化，层层涂饰，将荷叶在秋风中的憔悴之状生动地呈现在读者面前。

末尾两句揭示了导致荷叶如此残败的原因：风霜无情，夜间的一场浓霜使本来已由翠绿变为深青的荷叶，更由深青转为枯黄，显得寂寥、凄凉。曲子的最后一句更是将这份凄凉之情推向更为幽深的意境之中："寂寞在秋江上。"短短六个字，却将所描绘的场景延展开来，秋江之阔大，更显得干荷之渺小。一种寥廓之感加深了残败、萧索的氛围，使全曲意味更加深长。

尽管这支小令篇幅短小，但描绘出了一幅萧条凄凉的秋风残荷图，韵味无穷。

【南吕】干荷叶

干荷叶，色无多①，不奈风霜锉②。贴秋波③，倒枝柯④。宫娃⑤齐

唱采莲歌，梦里繁华过。

【注释】

①色无多：暗淡无色。

②锉：同"挫"，摧残，折磨，蹂躏。

③贴秋波：枯叶在水波中沉浮。

④枝柯：枝条。指荷叶柄。

⑤官娃：宫女。古时吴楚间称美女为"娃"。

【译文】

枯干的荷叶，翠绿的颜色已经剩得不多了，它经受不了寒风吹打、严霜折磨。紧贴在秋天的水波上，枝茎已折断倒下。宫女还在齐声唱着采莲歌，可繁华盛景却像梦一样消逝了。

【赏析】

这首曲子是刘秉忠的组曲《干荷叶》中第四首，写的是残荷终于经不住风霜的侵袭，最终枯死在秋江之上，结束了其短暂的一生。

前三句写的是在风霜的打击下，荷叶已经无法支撑，叶片暗淡无色，叶柄也因枯萎而折断，倒伏在水波中沉浮。至此，残荷的悲惨命运已被写得淋漓尽致。

接下来，作者笔锋一转，开始追溯昔日的繁华，那时宫女们还在齐声唱着采莲歌。这样的繁华景象已经一去不复返了。这样的对比衬托，使当前的情景显得倍加凄凉。荷叶从露出水面到枯死水中，它的一生如同一场梦，天地万物包括人，又何尝不是如此呢？

这支小令语言简洁，却将荷叶的残败景象描绘得丝丝入扣，在末尾通过采莲歌和残荷的对比，追溯往日繁华，使作品显得极为深沉。

延伸/阅读

元代开国元勋刘秉忠

刘秉忠是邢州（今河北邢台）人，出身官宦世家，曾任小吏，后辞职隐居武安山，成为僧人，后游云中（今山西大同）。游历期间，经著名的海云禅师的推荐，进入忽必烈的幕府，深受宠信。刘秉忠在跟随忽必烈征伐大理和南宋之时，屡劝忽必烈不可滥杀。在刘秉忠的推荐下，张文谦、张易、王恂、郭守敬等汉族杰出人才进入仕途，为保存汉文化做出了重要贡献。

刘秉忠博学多才，精通《易经》，天文、地理、律历、占卜等无一不通，还是一名一流的城市建设总设计师。1266年，他奉命设计出一座规模宏大、规划整齐的城市，这就是元朝的都城大都（今北京）。1271年，忽必烈在刘秉忠的建议下，根据《易经》中"大哉乾元"一句将国号"大蒙古国"改为"大元"，次年定都大都。

刘秉忠辅佐忽必烈三十余年，对元代的政治、典章、法度、礼乐、教育诸方面进行了宏观规划，因而有着元朝总设计师之称。

学海/拾贝

☆ 都因昨夜一场霜，寂寞在秋江上。

☆ 宫娃齐唱采莲歌，梦里繁华过。

王和卿

王和卿（1242—1320），大名（今属河北省）人。金元之际散曲作家。他性格滑稽，才高名重，因赋《醉中天·咏大蝴蝶》小令而名声大噪。现存散曲小令二十一首，套数二套，多滑稽游戏之作，尖酸俏皮，有些作品甚至流于轻浮油滑。明代朱权《太和正音谱》将其列入"词林英杰"一百五十人之中。

【仙吕】醉中天①·咏大蝴蝶

弹破庄周梦②，两翅驾东风。三百座名园、一采一个空。谁道风流种，唬③杀寻芳的蜜蜂。轻轻飞动，把卖花人扇过桥东。

【注释】

①醉中天：曲牌名，每句入韵，平仄（zè）混押。

②庄周梦：庄周，即庄子。战国时期思想家，道家学派代表人物之一，代表作为《庄子》。《庄子·齐物论》中记载庄周曾梦见自己化为蝴蝶，醒来后不知道是庄周梦中变成了蝴蝶，还是蝴蝶梦中变成了庄周。

③唬（xià）：同"吓"。

【译文】

从庄周的梦境中挣脱出来，硕大的双翅驾着浩荡的东风。把三百座名园里的花蜜全采了一个空。谁知道它是天生的风流种，吓坏了寻芳采蜜的蜜蜂。它翅膀轻轻扇动，把卖花人扇过了桥东。

【赏析】

这首曲子描写蝴蝶，是一篇非常独特的作品。

在作者笔下，蝴蝶被夸张到了怪诞不经的程度：一只大蝴蝶从庄周的梦中挣脱出来，乘风而起，腾云驾雾，颇有庄子在《逍遥游》中所描绘的大鹏"其翼若垂天之云"的气势。这样一只独具气势的大蝴蝶，三百座名园的花朵，怎么能满足它采足花粉的需要？于是，"三百座名园"竟然被"一采一个空"！以寻芳采蜜为天职的蜜蜂见了这只大蝴蝶又怎能不害怕呢？

接下来更是令人震惊的一笔。大蝴蝶只是轻轻一扇翅膀，竟然"把卖花人扇过桥东"！这不得不令人对它的巨大身躯和力量瞠（chēng）目结舌。作者显然采用了极度夸张的语言和隐喻的手法，不仅突出了"蝴蝶"的"大"和无拘无束，似乎也有贪婪与专横。

这首曲子语句滑稽大胆，幽默感十足，读来别有一番情趣，使人在忍俊不禁之后反复寻味、思索。

【仙吕】一半儿^①·题情

别来宽褪缕金衣^②，粉悴烟憔^③减玉肌。泪点儿只除衫袖知。盼佳期，一半儿才干一半儿湿。

扫码看视频

【注释】

①一半儿：曲牌名，与曲牌《忆王孙》相仿。末句嵌入两个"一半儿"，故名。

②缕金衣：用金线缝制的衣服。也称金缕衣。

③粉悴烟憔：形容面容憔悴。粉，水粉。烟，应作"胭"，胭脂。借胭脂水粉指代女子容颜。

【译文】

自从分别之后，缕金衣宽松了好多，面容憔悴，身体消瘦。流了多少眼泪，只有衣袖知道。盼望和心上人的相见之日，袖口才干了一半儿，另一半儿又被泪水打湿了。

【赏析】

这首小令是王和卿创作的组曲《一半儿·题情》的第四首，主要勾画了女主人公期待与爱人早日相聚的心情。

前三句镜头聚焦女主人公。衣宽和肌减，都是用女主人公身体消瘦来呈现内心的别愁。道尽了离别之苦，是一番"为伊消得人憔悴"的相思，令人动容。如果说这两句是女主人公离愁别苦之外在呈现的话，那么，接下来以女主人公的口吻所说的：相别之后，流了多少眼泪，只有衣袖知道。则是借物之承载之多，来表达人之承受之重。

想要解脱相思之苦，唯有和心上人再次相聚，故而她一心"盼佳期"。期盼是无尽的，她能等到结果吗？这无疑又给曲子增添了一分惆怅和叹息。末尾两个"一半儿"巧妙地刻画出女子泪流不止的形象：沾满泪水的衣袖才干了一半儿，另一半儿却又被泪水打湿。湿了又干，干了又湿。一位一刻不停地用衣袖擦去脸上的泪痕，满怀惆怅和思念的女子形象跃然纸上。

这首曲子中，作者略去背景，只站在女主人公的角度进行构思，通过不同侧面展现"离情"，独具特色。

延伸/阅读

庄周梦蝶

　　庄周梦蝶的故事出自《庄子·齐物论》："昔者庄周梦为胡蝶，栩（xǔ）栩然胡蝶也，自喻适志与！不知周也。俄然觉，则蘧（qú）蘧然周也。不知周之梦为胡蝶与，胡蝶之梦为周与？周与胡蝶，则必有分矣。此之谓物化。"寥寥数十字，营造出一个梦幻般的逍遥境界，有着只可意会不可言传的美妙意味，成为中国文学史、哲学史上一个影响深远的典故。

　　庄周的蝴蝶梦，是一种富有美感的经验，借蝶化的寓言破除人对自我的执迷，泯灭物我的界限，使人与自然合而为一，是道家"天人合一"学说的体现。这个唯美的寓言得到后世文人的喜爱，也开了中国"梦文学"的先河。唐传奇中的"黄粱梦""南柯梦"，唐代诗人李商隐的"庄周晓梦迷蝴蝶，望帝春心托杜鹃"（《锦瑟》），元曲中的《醉中天·咏大蝴蝶》，明代剧本"临川四梦"（指汤显祖的《牡丹亭》《紫钗记》《邯郸记》《南柯记》），清代小说《红楼梦》，乃至民间文学中的梁祝化蝶的故事，都与庄周梦蝶一脉相承。

　　对现代人来说，庄周梦蝶的故事给我们以下启示：在社会重重束缚之下，要留给思想一个自由飞翔的空间，在精神世界中享受无拘无束的快乐。

学海/拾贝

☆ 弹破庄周梦，两翅驾东风。三百座名园、一采一个空。

☆ 轻轻飞动，把卖花人扇过桥东。

☆ 盼佳期，一半儿才干一半儿湿。

盍西村

盍（hé）西村（生卒年不详），盱（xū）眙（yí）（今属江苏）人。元代钟嗣成《录鬼簿》未载其名，而有"盍志学"，或以为系一人。他的散曲多为写景之作，歌颂隐逸生活，风格清新自然。明代朱权《太和正音谱》评论说其词"如清风爽籁"。散曲作品现存小令十七首，套数一套。

【越调】小桃红·江岸水灯

万家灯火闹春桥，十里光相照，舞凤翔鸾①势绝妙。可怜②宵，波间涌出蓬莱岛。香烟乱飘，笙歌喧闹，飞上玉楼腰。

【注释】

①舞凤翔鸾：指凤形和鸾形的花灯在飞舞盘旋。鸾，传说中凤凰一类的鸟。

②可怜：可爱。

【译文】

万家灯火使春桥分外热闹，十里江岸璀璨的灯光相互映照。凤形的灯笼飞舞，鸾形的灯笼腾跃，气势非凡绝妙。多么可爱的元宵之夜，波涛间奔涌出蓬莱仙岛。香烟纷乱飘飞，笙歌喧响欢闹，一起飘向云空，飞上华丽的玉楼。

【赏析】

此篇为盍西村现存组曲"临川八景"中的第三首，咏临川（今江西抚州）元宵节的水上灯船。在众多描绘元宵节热闹景象的作品中，其选材比较新颖，写法也别具一格。

首两句大笔渲染，总写元宵灯节盛况。"万家灯火""十里光"描绘出元宵之夜，城乡不寐、人流如潮、灯火闪耀的盛大场景。一个"闹"字，不仅烘托了灯火的繁盛、色彩的缤纷，更营造了极其喧闹欢乐的节日气氛，有画龙点睛的作用。既然气氛是热闹的，那么，其繁盛活跃体现在哪里呢？接下来的"舞凤翔鸾势绝妙"三句着重写水上灯火的奇妙景观，以虚托实，以幻写真，生动地表达了发现仙岛般的灯船的人们惊讶赞赏、疑幻疑真的感受。

结尾三句再写灯船的热闹景象：香烟缭绕、随风飘扬、笙歌齐发、热烈喧闹。这袅袅香烟与悠扬笙歌似乎要飘然而上，飞绕天上的玉楼。前两句是写实，后一句则是由实入虚，写出想象中的天上宫阙，淋漓尽致地表达了人们对元宵节热闹景象的感受。

这首小令构思新巧，选取闹、照、舞、翔、涌、乱飘、喧闹、飞上等一系列具有动感的词语，着意渲染热烈欢快的节日气氛。

【越调】小桃红·杂咏

绿杨堤畔蓼花洲①，可爱溪山秀，烟水茫茫晚凉后。捕鱼舟，冲开万顷玻璃皱②。乱云不收，残霞妆就，一片洞庭秋。

【注释】

① 蓼（liǎo）花洲：长满蓼花的水中陆地。蓼花，一种水生植物，花为白色或浅红色。洲，水中的陆地。

② 玻璃皱：比喻水波纹。

【译文】

江堤上栽着绿杨，小洲上蓼花飘飞，一派可爱的秀美山溪景致，今晚凉意来袭，江上烟水茫茫。只见捕鱼的轻舟凌波而出，冲开万顷玻璃般的水面，漾起不绝的波纹。夕阳中，乱云未收，残霞似锦，装点洞庭秋色。

【赏析】

盍西村的组曲《小桃红·杂咏》共八首，此曲是其中之一，是一首寄情山水、乐道隐居之作。

首句写绿杨、蓼花，随处可见，但一在堤畔，一在洲上，傍水而更得生机，绿杨与红蓼相映，美景野趣顿现眼前。次句着意点明景色之美，且将目光移至远处。"烟水茫茫晚凉后"写时近黄昏，苍烟、落照、暮霭、湖水在晚凉中一片茫茫，这寥落、苍茫的入暮景色不免使人微觉惆怅。忽见捕鱼的轻舟凌波而去，冲开万顷玻璃一样的水面，荡漾起不绝的波纹。这捕鱼小舟，冲破湖水平静的同时，也冲走了作者与读者心中淡淡的哀愁、微微的怅惘。

随着情绪的振奋，曲的视角又从低处的水移向了高处的天：只见夕阳的余晖之下，乱云未收，残霞似锦，装点洞庭秋色，一片茫茫，无际无涯，与湖波相映，更加美丽、壮阔。

作者在这支小令中倾注了热爱自然、钟情河山之意，以善作丹青的妙手描绘出一幅充满诗情的风景画，同时也写出了心中的欣喜、热爱，虽未言情而情从景出。

延伸/阅读

曲　牌

　　说到散曲的曲牌，就不得不提到词牌。散曲是由宋词演化出来的，它和宋词一样都有自己的牌名。但散曲又和宋词有区别，宋词的题目一般由词牌和内容提示两部分构成，而散曲的题目却增加了宫调，一般由宫调、曲牌、内容提示三部分构成。以马致远的《双调·夜行船·秋思》为例，"双调"是调式，"夜行船"是曲牌，"秋思"是内容提示。每个曲牌均属一定的宫调，但也有一个曲牌分属几个不同宫调的情况，此时其调式、唱法都不相同，乐曲风格也会产生变化，甚至连字数、句法、平仄、用韵都随之改变，体现着散曲的高自由度。一种曲牌有几种不同名称的情况很常见，例如常用曲牌《水仙子》就有《湘妃怨》《凌波仙》《凌波曲》《冯夷曲》等诸多别名。

　　散曲与宋词虽然都要求按照词牌或者曲牌填写，但散曲要求句句押韵，并且中间可以有衬字（衬字是在不更动原谱的前提下，为了行文或歌唱的需要而增加的字，衬字可以是实词，也可以是虚词）。如果想填写散曲，则可按照曲牌来填写，每个曲牌采用什么调式是有一定规律的。

学海/拾贝

☆ 香烟乱飘，笙歌喧闹，飞上玉楼腰。

☆ 乱云不收，残霞妆就，一片洞庭秋。

白 朴

名师导读

　　白朴（1226—1306年以后），字仁甫、太素，号兰谷先生。祖籍隩（yù）州（今山西河曲），后流寓真定（今河北正定）。曾得父亲好友元好问的抚养和指点。金亡后，不愿出仕，放浪形骸，寄情山水、诗酒。有词集《天籁集》传世。尤工于曲，与关汉卿、马致远、郑光祖并称"元曲四大家"。作杂剧十六种，今存《墙头马上》《梧桐雨》《东墙记》三种，散曲存小令三十七首，套数四套。

【中吕】阳春曲①·题情

　　轻拈斑管②书心事，细折银笺③写恨词。可怜不惯害相思。则被你个肯字儿，迤逗④我许多时。

【注释】

　　①阳春曲：曲牌名，即《喜春来》，又名《惜芳春》，入中吕宫。

　　②斑管：指用带有斑纹的竹子做成的笔。

　　③银笺（jiān）：洁白的信纸。笺，写信或题词用的纸。

　　④迤（yǐ）逗：勾引，挑逗。

【译文】

轻轻握着斑管写下我的心事，细细折好银笺写下离恨别愁。可怜我一贯不懂相思。没想到被你的一个"肯"字，挑逗了这么多时日。

【赏析】

白朴的《阳春曲·题情》共六首，互有关联而都能独立成篇，是组曲中的佳作。按内容细分，前三首写的是"相思"，后三首写的是"相会"。此曲是其中的第一首。

开头两句描写的是女主人公写信时的情景，"轻拈""细折"的动作描写体现出她对这封信的重视，而"斑管""银笺"等语，可以看出女主人公并非出身于普通人家，而是一位富家小姐。她的"心事"是什么呢？显然就是本曲的主题：离恨。

小令第三句，是女主人公的自叹之词，回应她为什么写"恨"词，是因为无法忍受相思之苦的折磨。她之所以有如此多的"恨"与"相思"，是得到过心上人的承诺，即一个"肯"字。而这个字令她牵挂，使她思念。既然"肯"，为什么不来相会呢？这就是她怨恨的原因。在女主人公的无尽怨绪和嗔怪中，小令戛然而止，留给读者的则是无尽的想象空间。

这首小令率真简淡，明白如话，正应了元代文学家周德清对白朴曲"韵共守自然之音，字能通天下之语"（《中原音韵·自序》）的评价。

【仙吕】寄生草①·饮

长醉后方何碍②，不醒时有甚思。糟腌③两个功名字，醅渰④千古兴亡事，曲埋万丈虹霓志⑤。不达时皆笑屈原⑥非，但知音尽说陶潜⑦是。

【注释】

①寄生草：曲牌名，属北曲仙吕官。

②方何碍：却有什么妨碍。方，却。

③糟腌：用酒糟浸渍。

④醅（pēi）渰（yān）：用浊酒淹没。醅，没过滤的酒。渰，通"淹"。

⑤曲埋：用酒曲埋掉。曲，酒糟。虹霓志：气贯长虹的豪情壮志。

⑥屈原：战国时楚国大夫，爱国主义诗人。遭受谗言陷害，投汨（mì）罗江而死。

⑦陶潜：陶渊明。东晋著名诗人，曾任彭泽县令。因不愿为五斗米折腰而辞官归隐。

【译文】

长醉以后有什么妨碍，不醒的时候有什么可以想的。用酒糟浸渍了功名二字，用浊酒淹没了千年来的兴亡史事，用酒曲埋掉万丈凌云壮志。不识时务的人都笑话屈原不应轻生自尽，但知己都说陶渊明归隐田园是正确的。

【赏析】

这首小令以《饮》为题，在歌颂饮酒的背后，含有对当时黑暗现实的全面否定。

作者在曲的一开头就表示宁愿长醉不醒。在他看来，只有长醉，方可无碍；只有不醒，才能无思。无思则无忧。当然，这只是无可奈何的愤激之词。中间三句用"糟腌""醅渰""曲埋"巧妙地与饮酒挂上了钩，字面上说是要忘却功名、不关心国家兴亡、否定凌云壮志，然而要把这一切强行掩埋在酒之中，无非说明他壮志难酬，这都是时代使然，可知作者是强为旷达。

结尾两句写不识时务的人讥笑"众人皆醉我独醒"而自沉于汨罗江的屈原，赞美了深知饮酒乐趣的陶潜，树立了有关饮酒的两个不同的形象。其实，作者未必不同情竭智尽忠的屈原的处境之苦；而作为陶潜的知音，当然也知陶潜弃官归田，是"欲有为而不能者"（《朱子语类》）。

此曲言酒而意不在酒，构思巧妙，于洒脱旷达中蕴含深沉的伤感，是思想深刻、艺术成就突出的曲中珍品。

【双调】庆东原①

扫码看视频

忘忧草②，含笑花③，劝君闻早冠宜挂④。那里也能言陆贾⑤？那里也良谋子牙⑥？那里也豪气张华⑦？千古是非心，一夕渔樵话⑧。

【注释】

①庆东原：曲牌名，属双调，多用以抒发豪放感情。首两句和末两句一般要求对仗，中间三句常作鼎足对。

②忘忧草：也叫萱草。可食，食后如酒醉，故有忘忧之名。

③含笑花：木本植物。初夏开花，花开常不满，宛如含笑，故名。

④闻早：趁早。冠宜挂：宜辞官不做。本于《后汉书·逢萌传》逢萌解冠挂东都城门的故事。

⑤陆贾：汉高祖谋臣，颇有辩才。

⑥子牙：姜子牙，曾辅佐周文王。武王时又为谋士，帮助周武王伐纣灭殷。

⑦张华：字茂先，西晋文学家。曾劝谏晋武帝伐吴，虽为文人而有武略，故称"豪气张华"。

⑧渔樵话：渔夫和樵夫的闲话。

【译文】

看看忘忧草，想想含笑花，劝你忘却忧愁，趁早离开官场。能言善辩的陆贾哪里去了？足智多谋的姜子牙哪里去了？文韬武略的张华哪里去了？千秋万代的是非曲直，都成了渔人樵夫一夜的谈资。

【赏析】

本曲系叹世之作，一方面劝人摒弃功名仕途，另一方面也流露出对世道不公、怀才不遇的愤慨。

小令以两种植物起兴，劝人忘却忧愁，常开笑口。而要从根本上摆脱人生的烦恼，宜及早挂冠。作者在此间着一个"宜"字，意谓抛弃功名、脱离官场宜早不宜迟。

接下来，曲子以一组排比，提及三个历史人物：游说南越王赵佗归汉的辩士陆贾、曾辅佐周武王伐纣的姜子牙以及力劝晋武帝伐吴的西晋名士张华。他们都是历史上的能人、英才，如今安在？在对天连连发问、长叹之后，以"千古是非心，一夕渔樵话"作结。千古之是非曲直，都成了渔夫樵客一夜闲话的资料。作者的言外之意就是所谓功名富贵本无甚价值可言。

此曲看似闲适轻松，但其中隐含的沉重也不难体味。

【双调】驻马听①·吹

裂石穿云，玉管宜横清更洁②。霜天沙漠，鹧鸪③风里欲偏斜。凤凰台④上暮云遮，梅花惊作黄昏雪。人静也，一声吹落江楼月。

【注释】

①驻马听：词牌名，也是曲牌名。

②玉管：笛的美称。横：横吹。清更洁：形容格调清雅纯正。

③鹧（zhè）鸪（gū）：一种鸟，善走，不常飞行，叫声特殊。古人认

为其鸣叫声近似"行不得也，哥哥"，故常借鹧鸪言志。

④凤凰台：又称"凤台"，传说中秦穆公为女儿弄玉所建的楼阁。弄玉与丈夫萧史在台上吹箫引来龙凤，乘之升仙而去。

【译文】

笛声像裂石穿云一样高亢，笛子应横吹，音调就更雅正。就像寒冷天气里的大漠，鹧鸪想要在风中飞舞。凤凰台上暮云遮盖，梅花竟被惊动，化为黄昏的雪花。人声沉寂，笛子的声音把江楼上的月亮都吹落了。

【赏析】

这首小令通过对笛声的描绘，表现了吹笛人的高超技艺。

首二句写笛声响起，如裂石穿云一般高亢嘹亮，这是听觉描写。中间四句写笛曲吹奏，作者用了"霜天""沙漠""鹧鸪""暮云""梅花"等视觉形象，让读者通过联想感受笛曲的苍凉、旷远、凄清的意境以及摄魂夺魄的艺术魅力；以凤凰台上萧史、弄玉的典故暗示吹奏者具有仙人一般非同凡响的高超技艺。

结尾两句写曲终，以极度夸张的"落月"效果收束全篇。在万籁俱寂之中，悠悠笛曲竟将挂在楼头的江月悄悄吹落，作者由此完成了对笛声艺术魅力的刻画和渲染，同时也在读者面前展现了一个诗情画意的境界：夜深人静、亭楼江月、笛声悠扬……

全曲极富想象力，语言夸张，形象突出，描写角度也十分新颖。

【双调】沉醉东风①·渔夫

黄芦岸白蘋②渡口，绿杨堤红蓼滩头。虽无刎颈交③，却有忘机友④。点秋江白鹭沙鸥。傲杀人间万户侯⑤，不识字烟波钓叟。

【注释】

①沉醉东风：曲牌名，南北曲兼有。北曲属双调，南曲属仙吕入双调。

②白蘋（pín）：多年生草本植物。生于浅水之中，叶柄顶端生小叶四片，又名四叶菜、田字草。

③刎颈交：生死之交，愿以性命相许的朋友。源自司马迁《史记·廉颇蔺相如列传》："卒相与欢，为刎颈之交。"

④忘机友：泯除机诈之心的朋友。这里指后文的"白鹭沙鸥"。有成语"鸥鹭忘机"，指人无巧诈之心，异类可以亲近。

⑤万户侯：古代贵族的封邑以户计算。汉时分封诸侯，大者食邑万户，后以万户侯指代高官、显贵。

【译文】

黄芦摇曳在江岸上，渡口的水面上漂荡着无数白蘋，长堤上绿杨扶疏，滩边一大片红蓼平铺。虽然没有同生共死的知己，却有着毫无机巧之心的朋友。秋江上有星星点点的白鹭与沙鸥。鄙视那些达官显贵的，正是那目不识丁的江边渔翁。

【赏析】

此曲以渔夫为题，是白朴厌弃功名、流连山水之作。

开头两句中，黄芦、白蘋、绿杨、红蓼，都是江南水乡常见的景观。黄、白、绿、红交织出一片灿烂的秋光，岸、渡、堤、滩则尽述了渔夫出没的场所。合在一起，便显示了渔夫在水乡自然美景中自在、恬淡的日常生活。三、四两句给渔夫找来了情投意合的朋友。

渔夫的忘机友是谁呢？竟是"点秋江"的"白鹭沙鸥"。古代隐士多视鸥鹭为友，这让我们窥视到作者对这种朴拙恬淡、毫无心机的生活的肯定和赞美。

结尾两句，让我们感受到鄙视达官显贵的并不仅仅是不识字的渔夫，也曲折地反映了元代知识分子的骨气和那个时代投射在他们心灵上的暗影，抒发了他们的不平之慨。

这首小令意境阔大，感情明快，寥寥数笔就成功描摹出了渔夫傲然自得的形象，又表达了当时备受压抑的知识分子所追求的理想。

延伸/阅读

隐逸之宗陶渊明

陶渊明是东晋至南朝宋的伟大诗人，"田园诗派之鼻祖"。他出身官宦世家，据说祖先是东晋名将陶侃，但到他这一代家道中落。为了维持生计，陶渊明从二十岁时就开始到处当幕僚，当过江州祭酒等小官，也在军中当过参军。但他对官场没有兴趣，一心想隐居田园，因此他真正在官场的时间很短，更多的时候都是隐居家中，饮酒、耕田、赋诗，自得其乐。

四十一岁那年，陶渊明再次出仕，被任命为彭泽（今江西彭泽）县令。八十余天后，郡里的督邮前来检查工作，小吏对陶渊明说："您需要穿好官服、扎好衣带去见督邮。"陶渊明叹了口气，说道："我怎么能为了五斗米的俸禄，低声下气地去侍奉小人呢？"于是，他立刻封好官印，离开了彭泽县，从此之后再也没有出仕。

学海/拾贝

☆ 可怜不惯害相思。则被你个肯字儿，迤逗我许多时。

☆ 不达时皆笑屈原非，但知音尽说陶潜是。

☆ 千古是非心，一夕渔樵话。

☆ 人静也，一声吹落江楼月。

☆ 点秋江白鹭沙鸥。傲杀人间万户侯，不识字烟波钓叟。

关汉卿

名师导读

　　关汉卿（约1220—1300左右），号已斋（又作一斋、已斋叟）。解州人（今山西省运城），另有大都（今北京市）人和祁州（今河北省安国市）人等说。中国古代戏曲创作的代表人物，与马致远、郑光祖、白朴并称为"元曲四大家"。以杂剧的成就最大，一生写了60多种，今存18种，最著名的为《窦娥冤》。关汉卿也写了不少历史剧，如《单刀会》《单鞭夺槊》《西蜀梦》等。散曲今存小令40多首、套数10多套。关汉卿塑造的"我却是蒸不烂、煮不熟、捶不匾、炒不爆、响珰珰一粒铜豌豆"（《不伏老》）的形象也广为人称，被誉"曲家圣人"。

【南吕】四块玉①·别情

　　自送别，心难舍，一点相思几时绝？凭阑袖拂杨花雪②。溪又斜③，山又遮，人去也！

【注释】

　　①四块玉：曲牌名，入南吕宫，主要用作小令。

　　②杨花雪：如雪花般飞舞的杨花。

　　③斜：此处指溪流拐弯。

【译文】

自从那天送你远去，我的心里总是难舍难分，什么时候才能与你再见面，断了这无尽的相思？记得我斜倚着杨树下的栏杆目送你远行，用衣袖拂去如雪的飞絮，以免妨碍视线。然而你的身影已看不见，只见弯弯的小溪向前流去，重叠的山峦遮住了你远行的道路，心上的人，真的走远了！

【赏析】

这是一首描写离情别绪的小令，表现了多情女主人公送别情人的依依不舍之情和爱人走后的相思之情。

曲从别后说起，开端就点明了所描写的内容。口气看似较平和，"心难舍"却道出了沉重。"一点相思几时绝"是曲眼，不能停止的相思强调了别离的缠绵。接下来四句寄情于景，描绘了一幅令人心碎的画面。倚着栏杆伫立，凝望着情人远去，如雪的杨花纷纷飘落在身上也全然不觉。情人走远了，还在凭栏远眺、频频招手，在招手拂袖间杨花才被拂下去。这一句把送别情景写得非常逼真。

情人沿着曲曲折折的小溪，渐行渐远。女主人公想再看一眼情人，高山重重叠叠，挡住了女主人公的视线，终于看不到情人远去的身影。那种离别的沉痛之情，全然凝聚在"人去也"这一声长叹之中。至此，一位多情而又憔悴的女子，似乎就站在人们面前。

小令用准确、凝练的文字写离别的相思之情，入木三分地写出一位深情女子送别心上人时的情态和意绪，给人以言有尽而意无穷的艺术感受。

【南吕】四块玉·闲适

南亩耕①，东山卧②，世态人情经历多。闲将往事思量过。贤的是他，愚的是我，争甚么？

【注释】

① 南亩耕：指务农。此用东晋陶渊明归居田园躬耕的典故。

② 东山卧：指隐居。此用东晋谢安隐居东山（今浙江绍兴西南）的典故。

【译文】

在南边田地里耕作，在东山上安卧，经历的世态人情那样多。闲暇时把往事一点点再想一遍。贤明的是他，愚蠢的是我，还争个什么呢？

【赏析】

这是关汉卿小令组曲《四块玉·闲适》中的第四首。此曲借用东晋陶渊明和谢安的典故，倾诉自己过闲逸的隐居生活的苦衷。

小令的开头借用了两个典故。"南亩耕"的陶渊明和"东山卧"的谢安，都是作者心目中的榜样。作者也有过治国平天下以济苍生的宏伟抱负，但在经历了纷繁万象的世态人情后，对自己所面对的现实有了清醒的认识。

在"闲将往事思量过"后，作者终于发出鄙夷的一笑："贤的是他，愚的是我，争甚么？"既然那些贪图名利者以"贤"自居，那么我倒愿意以"愚"自居，何必去和他们争长较短。一"他"一"我"，泾清渭浊，了了分明。

这首小令从贤愚颠倒的角度，表现了对黑暗现实的不满和对功名利禄嗤（chī）之以鼻的态度，充分显示了作者傲岸的风骨和倔强的个性。

【双调】沉醉东风

咫尺的天南地北①，霎时间②月缺花飞。手执着饯行杯，眼阁③着别离泪。刚道得声"保重将息④"，痛煞煞⑤教人舍不得。"好去者⑥。望前程万里！"

扫码看视频

【注释】

① 咫（zhǐ）尺：周制八寸为咫，十寸为尺。此言距离近。

② 霎（shà）时间：一会儿。此言时间短暂。

③ 阁：同"搁"，噙着，含着。

④ 将息：调养，休息。

⑤ 痛煞煞：悲伤得很。

⑥ 好去者：安慰行者的客套话。

【译文】

相隔咫尺的人就要天南地北远远分离，转眼间花好月圆的欢聚就变成了月缺花飞的悲戚。手里拿着饯行的酒杯，眼中噙着离别的泪水。刚说一声"保重身体"，心中痛苦难当，难以割舍。又说道："好好去吧。祝你前程万里！"

【赏析】

这首小令是关汉卿的爱情名作。描写女子在为情人饯行时的离愁别绪，情深意切，哀婉动人，却又不乏一种积极向上的美感。

诗的前两句点出主题：饯行。"咫尺"，指出了在空间上的距离，而与之对应的"霎时间"则表明了时间上的短暂。作者以虚写实，用自然现象的变化写离别瞬间的悲哀，显得空灵洒脱，奠定了全曲的情感基调。三、四句以对句的形式具体写女主人公的送别，她强忍着泪水，举杯为情人送行。眼中物不比杯中物少！

最后三句尤为生动传神。送行女子吐出了临别赠言："保重将息""望前程万里"。短短几个字的嘱咐，包含了对情人旅途的关心、前程的祝愿……"保重将息"与"望前程万里"中间夹着一句"痛煞煞教人舍不得"的叙述。这哽咽的一断一续，表现出了女主人公的悲痛心情难以平复。她想控制住自己的情绪，让自己显得爽朗、自然。这种强颜欢笑，进一步揭示了她内心的痛楚。

【双调】大德歌^①·夏

俏冤家^②，在天涯，偏那里绿杨堪系马^③。困坐南窗下，数对^④清风想念他。蛾眉^⑤淡了教谁画？瘦岩岩^⑥羞带石榴花。

【注释】

①大德歌：曲牌名，入双调。

②俏冤家：女人对所爱之人的亲昵称呼。

③"偏那"句：偏偏只有那里留得住。此系怨词，恨她爱人久离不归。

④数（shuò）对：屡次对着，频频地对着。

⑤蛾眉：指女子弯弯的长眉毛。此处暗用汉代名臣张敞为妻画眉的典故。

⑥瘦岩岩：瘦削的样子。

【译文】

心中所爱的人哪，在那极远的地方，偏偏只有那里留得住他！我坐在南窗下，屡次对着吹拂而来的清风思念他。弯弯的长眉淡了谁来给我画？我瘦削的样子让自己无心戴石榴花了。

【赏析】

这支小令，是写少妇对远方情人的猜疑和抱怨。

远方的情人是怎样一个人呢？开头一

句便写道：他是个"俏冤家"。这个称呼把爱与恨交织在一起，显示出女主人公的复杂感情。如今让少妇牵肠挂肚的他远走天涯，一去不归，怎能不叫人怀疑？"偏那里绿杨堪系马"，更是明显地由怀疑流露出抱怨的情绪。这种多虑正是情深爱笃的一种表现。

因此接下来，写她在万般慵懒、无所事事的生活中，又一次次面对清风倾吐自己对远人的情思，大有摆不脱、丢不开之苦。这两句看似平淡无奇，实则大有深意，清风和美，情思更浓，进一步刻画出少妇对远人思之弥深、爱之弥笃的感情。随后，借汉代张敞为妻画眉的故事来表达她对夫妻恩爱生活的回味和渴望。然而好事难成，希望终无法实现，以致变得"瘦岩岩"，连石榴花都羞于簪戴了。一个"羞"字，尤为传神之笔，既含戴花与体貌不相称的自我羞赧之意，又表露出自己戴花无人欣赏的寂寞，活画出少妇难以言状的复杂心理状态。

此曲含蓄蕴藉，有词的意味，回味无穷。

延伸/阅读

关汉卿与《窦娥冤》

《窦娥冤》全名《感天动地窦娥冤》。是元代戏曲家关汉卿的元杂剧代表作，也是元杂剧悲剧的典范。该剧剧情取材自东汉"东海孝妇"的民间故事，全剧四折。山阴书生窦天章因无力偿还蔡婆婆的高利贷，不得已把七岁的女儿窦娥抵给蔡婆婆做童养媳。没过几年窦娥的夫君早死，适逢蔡婆婆要赛卢医还钱，却险些被赛卢医害死，幸得张驴儿父子相救。张驴儿要蔡婆婆将窦娥许配给他不成，就将毒药下在羊肚汤中企图毒死蔡婆婆，结果却误毒死了其父。张驴儿反咬一口诬告窦娥毒死了其父。窦娥在无赖陷害、昏官毒打下屈打成招，承认是自己下毒，昏官桃杌最后做成冤案将窦娥处斩。窦娥临终发下"血染白绫、天降大雪、大旱三年"的誓愿。后来窦天章考取进士，官至肃政廉访使，到山阴考察吏治。窦娥托梦与他，诉说自己的冤情。最终窦天章为窦娥平反昭雪。

这出戏展示了下层人民任人宰割，有苦无处诉的悲惨处境，控诉了贪官草菅人命的黑暗现实，生动刻画出窦娥这个女性形象。该剧同时体现了关汉卿的语言风格——言言曲尽人情，字字当行本色。作品在艺术上，体现出现实主义与浪漫主义风格的融合。作品用丰富的想象和大胆的夸张，设计超现实的情节，显示出正义的强大力量，寄托了作者鲜明的爱憎，反映了广大人民伸张正义、惩治邪恶的愿望。

《窦娥冤》是中国著名悲剧之一，是一出具有较高文化价值、广泛群众基础的传统名剧，有八十六个剧种都改编、演出过此剧。

学海/拾贝

☆ 溪又斜，山又遮，人去也！

☆ 贤的是他，愚的是我，争甚么？

☆ 俏冤家，在天涯，偏那里绿杨堪系马。

王 恽

王恽（yùn）（1227—1304），字仲谋，号秋涧。卫州汲县（今河南卫辉市）人。元朝著名学者、诗人、政治家。一生仕宦，刚直不阿，清贫守职，好学善文。为元世祖忽必烈、裕宗皇太子真金和成宗皇帝铁穆耳三代著名谏臣。其书法遒婉，与东鲁王博文、渤海王旭齐名。著有《秋涧先生大全集》，今存小令41首。

【越调】平湖乐①

采菱人语隔秋烟，波静如横练②。入手风光③莫流转，共留连。画船一笑春风面。江山信美，终非吾土，④问何日是归年⑤？

【注释】

①平湖乐：曲牌名，即《小桃红》。

②练：白绢。

③入手风光：映入眼帘的风景。入手，到手。

④"江山"二句：化用东汉王粲（càn）《登楼赋》"虽信美而非吾土兮，曾何足以少留"。

⑤问何日是归年：引用杜甫《绝句二首》其二中的诗句"今春看又过，何日是归年"。

【译文】

隔着秋日的烟雾传来了采菱姑娘的喧闹声，秋江澄静，有如横铺的白绢。眼前的风景不要流逝呀，且让我们一起尽情观赏流连。画船上美人笑意盈面。江山的确美好，可是这里终归不是我的故乡，而哪一天才是我归乡的日子呢？

【赏析】

这支小令是一首感情浓郁的思乡曲，是作者客居他乡秋日游江时写的。

作者一开头尽力描摹他乡风光、他乡生活之令人心醉神迷：秋天的湖面上，清风徐来，水波不兴，一眼望去犹如白练铺展，千里横陈。隔着轻纱般的烟雾，传来了采菱姑娘的喧哗声。短短两句，描绘出了水乡的美丽风光。风光旖（yǐ）旎（nǐ）妩媚的水乡环境，让身为北方人的作者一度感到十分新鲜，内心油然而生热爱怜惜之意，故希望风光不要匆匆流转，以便让人共同流连玩赏。在那湖光秋色中，坐在画船上的美女满面春风地嫣然一笑，那情景，是足以使天涯游子忘掉自己故乡的。

然而，对作者而言，眼前的一切虽然可以爱赏流连，却不能使他乐而忘返。或许是他乡之美，引发了故乡之思；或许是采菱之女，勾起了对心上人的无比想念。总之，美景美人让作者的归思更加浓烈起来。水乡虽美，可终究不是自己日思夜想的故土，于是作者不由得想知道什么时候才能回去。这三句巧妙化用或借用前人成句，借以表现自己强烈的旅思和乡愁，可谓恰到好处。

小令写思乡，却先极力赞美他乡的美好，以乐景衬哀情，水乡的美丽与作者的思乡之苦相反相成，谋篇布局极为巧妙。

延伸/阅读

王粲与《登楼赋》

　　王粲是东汉末年著名文学家，"建安七子"（王粲、孔融、徐幹、陈琳、阮瑀、应玚﹝yáng﹞、刘桢）之首，也是七人中成就最大的一位，有"七子之冠冕"之称。他出身望族，但是身材瘦小、其貌不扬，早年仕途始终不畅。他曾在荆州依附刘表，没有得到重用。归附曹操后仕途开始顺畅，王粲却英年早逝了。王粲的代表作，就是著名的《登楼赋》，作于依附刘表期间。那时，他已经客居荆州十余年，依然不受重用，于是在一个秋季登上城楼，创作了这篇抒发客居思乡、怀才不遇之感的作品。

学海/拾贝

☆ 采菱人语隔秋烟，波静如横练。

☆ 江山信美，终非吾土，问何日是归年？

胡祗遹

名师导读

胡祗（zhī）遹（yù）（1227—1293），字绍开，号紫山。磁州武安（今属河北）人。元代著名学者、文学家。历任宣慰副使、提刑按察使等职，为官刚正，颇有政声。著有《紫山大全集》二十六卷。现存小令十一首。

【双调】沉醉东风

渔得鱼心满愿足，樵得樵眼笑眉舒。一个罢了钓竿，一个收了斤斧①。林泉②下偶然相遇，是两个不识字渔樵士大夫，他两个笑加加③的谈今论古。

【注释】

①斤斧：斤即斧头。斤、斧同义。

②林泉：山林与水泉。代指隐居之所。

③笑加加：笑哈哈。

【译文】

钓到了鱼的渔夫便心满意足，砍到了柴的樵夫就眼笑眉舒。一个收起钓竿，一个收起斤斧。两个人在林下水边偶然相遇，原来是两个不识字的钓鱼砍柴的士大夫，他们两个笑哈哈地谈今论古。

【赏析】

这是作者在路过渔村时所作，描写了渔夫和樵夫相聚闲谈的场景，表达了那个时代文人隐逸的普遍愿望。

归隐渔樵，是在元蒙统治者的高压统治下文人寻觅的一个不得已的去处。渔夫钓到鱼，"心满愿足"；樵夫打到柴，"眼笑眉舒"。于是，"一个罢了钓竿，一个收了斤斧"，偶然相遇于林边水畔。

以上的描写，都不过是极平常的事，关键是他们"是两个不识字渔樵士大夫"。这个矛盾混合体表现出作者强烈的不满：作为"士大夫"，捕鱼、砍柴并不是他们的生活目标，但不得已成了"渔樵"，那么识字又有何用？所以上面的"渔得鱼心满愿足"几句，不过是故作旷达罢了。结句更是伤心人别有怀抱，口头上的谈古论今不过是聊以自慰，而这"笑加加"中更是包含着不知几何的无奈和苦闷。

此曲俗中含雅，表面上洒脱旷达，实际上却暗含无法言表的隐痛。

延伸/阅读

元杂剧

元杂剧，中国元代戏曲艺术，用北曲演唱的戏曲形式，又称北杂剧、北曲、元曲。金末元初产生于中国北方，在金院本和诸宫调的基础上广泛吸收多种词曲和技艺发展而成。主要代表作家有关汉卿、郑光祖、马致远、白朴等。剧本一般每本分为四折，每折用若干曲牌组成套曲，亦有另加"楔子"者。分旦、末、净、杂四个主要行当。唱、云、科三者构成了元杂剧表演艺术核心，形成了一套相对完整、成熟的演出美学样式。元杂剧的形成是中国历史上各种表演艺术发展的结果，同时也是时代的产物。题材内容多为揭露社会黑暗，反映人民疾苦；表现英雄主义，歌颂人民的反抗斗争；描写恋爱婚姻，反映妇女悲惨命运，表现妇女的愿望和追求；歌颂忠良，鞭挞奸佞；揭示家庭伦理、社会道德状况。

艺术特色方面表现在：现实主义与浪漫主义相结合；矛盾集中，情节紧凑，主线突出；人物性格刻画鲜明，语言丰富多彩，具有很强的表现力。

元曲四大家：关汉卿、马致远、白朴、郑光祖。

元杂剧四大悲剧：关汉卿《窦娥冤》、马致远《汉宫秋》、白朴《梧桐雨》、纪君祥《赵氏孤儿》。

元杂剧四大爱情剧：王实甫《西厢记》、关汉卿《拜月亭》、白朴《墙头马上》、郑光祖《倩女离魂》。

学海／拾贝

☆ 渔得鱼心满愿足，樵得樵眼笑眉舒。

☆ 林泉下偶然相遇，是两个不识字渔樵士大夫，他两个笑加加的谈今论古。

王实甫

名师导读

　　王实甫（生卒年不详），名德信。大都（今北京）人。约与关汉卿同时。王实甫早年曾为官，晚年弃官归隐。作杂剧十四种，今存《西厢记》《破窑记》和《丽春堂》三种及《芙蓉亭》《贩茶船》各一折。《西厢记》是其代表作，也是最著名的元杂剧作品之一。此外，他还有一些散曲流传于世。

【中吕】十二月过尧民歌①·别情

　　自别后遥山隐隐，更那堪远水粼粼。见杨柳飞绵滚滚，对桃花醉脸醺醺②。透内阁香风阵阵，掩重门③暮雨纷纷。

　　怕黄昏忽地又黄昏，不销魂怎地不销魂？新啼痕压旧啼痕，断肠人忆断肠人！今春，香肌瘦几分，搂带④宽三寸。

【注释】

　　①十二月过尧民歌：由《十二月》和《尧民歌》两个曲牌组成的带过曲，属中吕宫，其中《尧民歌》只作带过曲用。

　　②醺（xūn）醺：酣醉的样子。

扫码看视频

③重门：一重又一重的门。言富贵之家庭院之深。
④搂带：缕带，用丝纺织的衣带。

【译文】

自从和你分别后，望不尽远山层叠隐约迷蒙，更难忍受清澈的江水奔流不回。看见柳絮纷飞，对着璀璨桃花陶醉得脸生红晕。闺房里传出香风一阵阵，重门深掩到黄昏，听雨点敲打房门。

怕黄昏到来，黄昏偏偏匆匆来临，不想失魂落魄，叫人怎能不失魂？旧的泪痕还未干透，又添上新的泪痕，断肠人常记挂着断肠人！要知道今年春天我的身体瘦了多少，看衣带都宽出了三寸。

【赏析】

这首曲子属于带过曲，描写了闺中女子思念远离家乡的心上人的情形。

曲子开头便开门见山，把别情的主旨和盘托出。主人公因思念而望"遥山"，遥山层峦叠嶂，遮挡了视线；看"远水"，远水波光粼粼。这两句不仅点明离人相隔之远，更渲染出一种凄苦气氛。接下来二句是近景：杨柳堆烟，飞絮滚滚，桃花盛开，醉脸醺醺。主人公触景生情，见物伤心。傍晚时，偏偏又下起了绵绵春雨，主人公在"内阁""重门"中，掩饰不住内心的寂寞和悲愁，发出无可奈何的声声叹息。

《尧民歌》首句紧接上文"暮雨纷纷"。首二句惟妙惟肖地刻画出抒情主人公矛盾而复杂的心理活动。一个"怕"字，就细腻地表现出思念之苦，而"忽地又黄昏"，说明经历这种情感煎熬并非一朝一夕，而且这种思念是情不自禁，始终缠绕的。因此，主人公不禁潸然泪下，在离别之苦中度日如年，以致"香肌瘦几分，搂带宽三寸"。肌瘦、带宽，用外在的形体消瘦进一步衬托内心的相思之深，离别之苦。

全曲用字句的重叠往复，来体现一种含情脉脉，如泣如诉，情致哀婉动人。

延伸/阅读

《西厢记》

《西厢记》是元代爱情剧中的杰作，作者为王实甫。该杂剧的故事原型是唐代诗人元稹（zhěn）所作的传奇小说《莺莺传》，但实际上脱胎于金代戏曲家董解（jiè）元的《西厢记诸宫调》（简称《董西厢》），是在《董西厢》的基础上进行的再创作。在《莺莺传》中，贫寒书生张生对没落贵族女子崔莺莺始乱终弃，这是一个悲剧性的故事。到了《董西厢》中，故事已经大致定型，且结局已经由悲剧改为大团圆的喜剧结局，体现着"愿天下有情的都成了眷属"的爱情观。

王实甫的《西厢记》共五本二十一折，是杂剧中罕见的长篇。全剧情节曲折动人，人物形象生动。同时，王实甫过人的文采在作品中也得到了鲜明体现，例如《长亭送别》一折中，"碧云天，黄花地，西风紧。北雁南飞。晓来谁染霜林醉？总是离人泪"几句，典雅华美、自然流畅，是全剧优美风格的缩影。

学海/拾贝

☆ 透内阁香风阵阵，掩重门暮雨纷纷。

☆ 怕黄昏忽地又黄昏，不销魂怎地不销魂？新啼痕压旧啼痕，断肠人忆断肠人！

姚 燧

姚燧（1238—1313），字端甫，号牧庵，河南洛阳人。元朝文学家。三岁丧父，为伯父姚枢（元初著名儒臣）收养。及长，官至荣禄大夫、翰林学士承旨、知制诰兼修国史，是当时的文章宗师，有《牧庵集》。散曲现存小令二十九首，套曲一套，风格婉丽。

【越调】凭阑人·寄征衣①

欲寄君衣君不还，不寄君衣君又寒。寄与不寄间，妾②身千万难。

【注释】

①凭阑人：曲牌名。源于诸宫调。句式七七、五五，四句四韵。征衣：远行在外者的衣服。

②妾：古时女子谦称自己。

【译文】

想给你寄寒衣，怕你不想把家还，不给你寄寒衣，又怕你要受寒。是寄还是不寄，让我十分为难。

【赏析】

这首小令描写了思妇在冬天想给丈夫寄征衣的矛盾心理。

征衣做好，寄给远人，是顺理成章的。这位征人的妻子想到丈夫得了征衣就不会想着回家了：这一笔构思新巧，颇出人意料。既然寄征衣不宜，那么就不寄吧，可是这一来"君又寒"，也是行不通的。妻子寄与不寄，爱恋无处不在；丈夫归与不归，牵挂无时不有。三、四句写思妇在寄征衣这件事上反复权衡，犹豫不决，真是"千万难"。这就引起了读者对思妇处境的关注与同情，掩卷回思，觉余味无穷。

情歌小曲常以熨帖细微及匪夷所思取胜，此曲文字直白，感情丰厚，平中见奇，堪称大家手笔。曲中浓郁的乐府诗风味，更给读者带来一股清新自然之风。

【中吕】阳春曲

笔头风月①时时过，眼底儿曹②渐渐多。有人问我事如何，人海阔③，无日不风波④。

扫码看视频

【注释】

①笔头风月：笔下描绘的清风明月。指用文艺形式描摹的美好景色。

②儿曹：小儿辈。指晚辈。

③人海阔：指人事纷纭复杂。

④风波：这里用来比喻人事的纠纷和仕途的艰险。

【译文】

一次次描绘良辰美景，时光流逝很快，眼底下儿孙小辈日渐增多。有人问我人事如何，世间万事，纷繁复杂，没有一天无风波。

【赏析】

此曲是作者自述，回味平生。

首句感叹时光流逝，自己笔尖下，清风明月，美好的时光一点一滴地、不知不觉地消失了。同时，眼前的小儿辈渐渐多了。视线从自己转到家庭。这两句从不同侧面来表现作者的生活情境，构思精巧。

转折由第三句引起。"有人问我事如何"，问的是仕途的命运、家事的前途。作者回答这个问题时，把视线投向了无边的人世、广阔的社会。眼界更开阔，笔力更简劲。他认为自己像颠簸（bǒ）在无边无际的惊涛骇浪间，每日都面临着风险，随时都可能被卷进黑暗的深渊。这就是作者对现实的不满，从中可见元朝士大夫的苦闷。

此曲结构严谨，无衬字，语意平和而有深味，是典型的文人曲。

延伸/阅读

乐府诗

乐府是秦汉时代设立的管理音乐的机构，主要负责采集、整理各地的民间诗歌和音乐。后来，乐府就成为这类具有民歌风格的音乐性诗体的名称。汉代的乐府诗现存五六十首，其中著名的有《陌上桑》《孔雀东南飞》《木兰辞》《十五从军征》等。这类诗歌形式自由灵活，文字活泼、朴实、自然、富有口语特点。汉乐府在文学史上有极高的地位，其与诗经、楚辞可鼎足而立。

到了后世，乐府这个机构已经裁撤，但还是有很多文人仿照乐府风格进行诗歌创作，尤其是在唐代，很多诗人沿用乐府旧题作诗，中唐时代，白居易、元稹、张籍等诗人针对当时的社会弊病，发起了"新乐府运动"。新乐府运动的基本宗旨是"文章合为时而著，歌诗合为事而作"。元曲因其贴近生活、富有音乐性等特点，与乐府诗有很多相似性，故而也被称为"乐府"或"新乐府"。

学海/拾贝

☆ 欲寄君衣君不还，不寄君衣君又寒。寄与不寄间，妾身千万难。

☆ 有人问我事如何，人海阔，无日不风波。

卢　挚

　　卢挚（？—1314 以后），字处道，一字莘（shēn）老，号疏斋，又号嵩翁，涿郡（今河北涿州）人。卢挚是元世祖即位后较早起用的汉族文人之一，官至翰林学士，是元初较有影响的作家之一，其诗、文俱佳，散曲成就更高。《全元散曲》收其小令一百二十首。

【黄钟】节节高·题洞庭鹿角庙壁①

　　雨晴云散，满江明月。风微浪息，扁舟一叶。半夜心②，三生梦③，万里别，闷倚篷窗睡些。

扫码看视频

【注释】

　　①节节高：曲牌名，入黄钟宫。鹿角：指鹿角镇，在今湖南岳阳，位于洞庭湖滨。

　　②半夜心：指子夜不眠时生起的愁心。

　　③三生梦：指人的三生如梦。三生，佛家指前生、今生和来生。

【译文】

骤雨过后，天色初晴，乌云散尽，江面上洒满了皎洁的月光。微风吹拂，江浪平息，一叶扁舟荡漾在浩渺的江上。夜深了，心里充满愁思，想到人生如梦，亲朋相距万里，胸中顿生烦闷，倚着篷窗，但愿可以小睡片刻。

【赏析】

元成宗大德年间，卢挚被外放湖南，心情很不愉快，这首小令正是在此次赴任途中所作。

小令首先描绘了四周的景象，短短的四个四字句，勾勒出了一个澄静而光明的境界。而在这一叶扁舟中的作者，心境是不是和周围景物一样宁静呢？并不如此。

在湖上微微吹拂的晚风中，作者百感交集，于是用"半""三""万"三个数词，试图表现出此刻自己心中的离愁别苦。面对着"满江明月"，想到身世浮沉、离愁别恨，万千思绪无处排遣，于是只有"闷倚篷窗"，希望小睡片刻能得到一丝安宁。小令前四句绘景，后四句写情。以景之静谧来衬托心之愁乱，把一个悲苦的灵魂呈现在读者面前。

全曲没有直接提到任何愁绪，而情感却在字里行间自然流露出来，颇具意境，引人入胜。

【南吕】金字经·宿邯郸驿①

梦中邯郸道②，又来走这遭。须不是山人索价高，时自嘲，虚名无处逃。谁惊觉？晓霜③侵鬓毛。

【注释】

①金字经：曲牌名，又名《阅金经》《西番经》，入南吕宫，也入双调。邯郸：河北南部城市。

②梦中邯郸道：这里用了"邯郸梦"的典故。

③晓霜：比喻白发。

【译文】

黄粱美梦中的邯郸道，我又来到了这里。不是因为山中人索价高我才不去归隐，我时常嘲笑自己，实在是摆脱不了对功名富贵的追求。是谁突然惊觉？年华老去，鬓毛已斑白。

【赏析】

这支曲子是卢挚第二次就任燕南河北道提刑按察使后写下的作品，描写他再度夜宿邯郸道驿舍的感触。

这是一支自嘲自讽之作。曲子开头就点明这是作者又一次来到邯郸道，巧妙地运用"邯郸梦"的典故，表达了富贵荣华就如一场梦，自嘲为功名奔波。接下来的几句承接了上文的意思，继续自嘲：并不是山中人索要高价我才不去入山归隐，而是自己摆脱不了功名之念的缘故。

接着作者延续了前面的意思，用"虚名无处逃"一句来说明功名之念难断，加上"时自嘲"三字，自嘲自讽的味道就十足了。这样风趣的表达方式，正体现了散曲这种体裁的特色。曲子最后，作者惊讶地发觉年华老去，自己的鬓发已经斑白了。和上文联系起来，末尾的两句其实是作者对自己到老还在为功名奔波劳碌、不能大彻大悟的感慨。字面上说难忘虚名，实则仕与隐的矛盾已经初露端倪。这是耐人寻味的。

全曲虽然运用了一些书面化的语言，但手法浑然天成，读来一气呵成。

【双调】寿阳曲·别朱帘秀①

才欢悦，早间别②，痛煞煞好难割舍。画船儿载将春去也③，空留下半江明月。

【注释】

①寿阳曲：曲牌名，又名《落梅风》，入双调。朱帘秀：元初著名的杂剧女演员，与卢挚关系非常亲密。

②早：有"已经"的意思。间别：离别，分手。

③"画船儿"句：化用宋代俞国宝《风入松》"画船载取春归去，余情寄、湖水湖烟"句。将，语气助词，无义。

【译文】

才欢聚在一起，刹那间又离别，心里痛苦，难分又难舍。画船载走了你，也把春天一同载去，只留下半江月影在江面摇晃，令人惆怅。

【赏析】

这是一支描写离别的小令，是作者与友人朱帘秀分别时所作。朱帘秀是元代著名的杂剧演员，和卢挚颇有交情，两人多有词曲唱和。

曲子开头三句，全是人们日常的口头语言，不加推敲、去掉粉饰，反而更显真情实意。在几句饱含真意的口语之后，接下来两句婉曲含蓄，是说朱帘秀一走，春季的温暖、生机和美好都被那只画船载走了。用船去代人离，一方面交代了朱帘秀离别的方式，另一方面呈现了作者伫立岸边，目送画船离去，渐行渐远的情景。此时，作者心中的寂寞和惆怅便在字里行间强烈地透露出来，他和朱帘秀之间的感情的深厚与真挚也展露无遗。末句，只剩下的"半江明月"，给人的感觉是凄清、孤寂，离别的惆怅不言而喻。

这支小令前半部分质朴直率，后半部分清丽雅致，整体读起来别有情味。

【双调】寿阳曲·夜忆

窗间月，檐外铁①**，这凄凉对谁分说**②**。剔银灯**③**欲将心事写，长吁气把灯吹灭。**

【注释】

①檐外铁：指檐马。房檐下挂的风铃，风吹时会发出声响。

②分说：把实情说清。

③剔银灯：将油灯挑亮。

【译文】

向窗外望去，看到一轮孤月，耳边是檐马被风吹动发出的声响，这无限的凄凉该向谁细细倾诉。把灯挑亮，打算将心事书写，却又长长吁气将灯吹灭。

【赏析】

此曲描写作者夜间苦思冥想的凄凉。

曲子一开始就呈现出这样一幅画面：月光本来是美好的，但在作者看来，是那样的苍白、凄冷；风铃响声在一般人听来，好像一曲曲美妙的音乐，作者只觉得它不过是房檐下的一块铁物。仅两句就把冰冷、凄凉的气氛营造出来。这里，作者眼中的景物既然是"冷"的，说明他的内心是"苦"的。难怪他会发出"这凄凉对谁分说"的哀叹。

思绪难断，愁情难解，作者是断然难以入睡了。曲子写到这里，笔锋一转，由景物描写转向对人的动作描写：作者翻身起来，剔亮银灯，把纸铺在桌子上，想把那挥之不去的心事与烦恼写出来。他想写的太多了，但又不知道写什么好，那萦绕在内心的痛苦总是剪不断、理还乱。最后，他只好长叹一声，吹灭银灯，继续去承受那痛苦的煎熬。这种欲说还休把无可奈何的内心情感表达得淋漓尽致。

这首小令在心理描写上手法多样、精湛细致，给读者留下无限想象的空间。

【双调】沉醉东风·秋景

挂绝壁松枯倒倚①，落残霞孤鹜齐飞②。四围不尽山，一望无穷水。散西风满天秋意。夜静云帆③月影低，载我在潇湘画里④。

【注释】

①"挂绝壁"句：化用唐代李白《蜀道难》"连峰去天不盈尺，枯松倒挂倚绝壁"。

②"落残霞"句：化用唐代王勃《滕王阁序》"落霞与孤鹜（wù）齐飞，秋水共长天一色"。鹜，野鸭。

③云帆：白云似的船帆。这里指船。

④潇湘画里：宋人宋迪有《潇湘八景图》，是一组著名的山水画，共八幅。潇湘，湖南境内的两大水名。湘水流至零陵和潇水合流，世称"潇湘"。

【译文】

弯曲的枯松倒挂在悬崖绝壁上，残留的片片晚霞和孤零零的野鸭在天上齐飞。四周是数不尽的山，秋水一望无际。西风萧萧，天地间一派浓浓的秋意。夜深人静，低低的月亮映照着高挂云帆的船儿，我行进在湘江上，恍如置身在潇湘画之中。

【赏析】

这首曲子写于元成宗大德初年，当时的卢挚正在湖南做官。

开篇前两句都是化用前人的作品，一苍劲，一明丽，构成了色彩鲜明的画面。首句描写悬崖之上一棵枯松倒挂着，既写出了枯松的奇姿，又衬托出了山势的险峻。次句描写了秋天傍晚江上的景物，寥寥数字便将场景之寥廓明丽很好地表现了出来。

接下来，作者继续描绘视野中的景色，在意象上进行了扩大和补充。四围有数不尽的山、无穷尽的水，视野一下子更加开阔了，读者的心胸也变得开阔起来，同时一种苍茫的心绪也暗暗涌出。"西风"和"秋意"都是无形无迹的，这两个意象也总是带着萧瑟悲凉的感觉，而作者在这里用"散"和"满天"将这两个意象联系起来，不仅写出了萧瑟的感觉，更表现出秋意散漫在天地之间的寥廓清远。

结尾处，作者接着进行了时间的推移——从黄昏移到了晚上。静静的夜晚，静静的湘水，一艘高挂云帆的船在悠悠前行。在这里，作者自己也成为画面中的一员，人物的出现使画面顿时活了起来。此刻船上的作者仿佛置身在那著名的《潇湘八景图》中一般。

这支曲子中，作者运用时空的转换，做出动态的描写：先上后下，由天及水，从景到人。随时空转换，任笔墨挥洒。蕴含的"意"和"境"都十分丰富。

延伸/阅读

黄梁一梦

在我国文学史上，"黄梁一梦"是一个非常著名的典故，出自唐代文学家沈既济的传奇小说《枕中记》，讲述了这样一个故事：科举落第的失意书生卢生，一次路过邯郸的一个小旅舍，遇见了一位被称为吕翁的道士。吕翁得知卢生对功名富贵的渴求，递给他一个瓷枕，说枕着就可以实现理想。卢生躺下时，店主刚开始蒸黄梁米饭，他只觉得眼前出现光芒，就走了进去，竟然回到了家中。很快，他就娶了望族女子为妻，并考中进士，步入仕途，从此平步青云、出将入相，并在八十岁时寿终正寝。就在这时，卢生醒来伸个懒腰，发现自己还在旅舍里，店主蒸的黄梁饭还没有熟。这时，吕翁对卢生说："人生的辉煌，不过如此啊！"卢生若有所思地离开了旅舍。

学海/拾贝

☆ 半夜心，三生梦，万里别，闷倚篷窗睡些。

☆ 画船儿载将春去也，空留下半江明月。

☆ 夜静云帆月影低，载我在潇湘画里。

朱帘秀

朱帘秀，又作"珠帘秀"，排行第四，人称朱四姐。元代著名杂剧演员，后辈艺人尊称她为"朱娘娘"。朱帘秀主要活动在至元、大德年间（1264—1307）。早年在大都，后下江淮间。与当时著名曲家胡祗遹、卢挚、冯子振、关汉卿等都有往来。散曲作品今存小令一首，套数一套。

【双调】寿阳曲·答卢疏斋①

山无数，烟万缕，憔悴煞玉堂人物②。倚篷窗③一身儿活受苦，恨不得随大江东去。

【注释】

①卢疏斋：卢挚。卢挚有《寿阳曲·别朱帘秀》，此为朱帘秀的酬答之曲。

②玉堂人物：指卢疏斋。宋代以后翰林院称为"玉堂"。这时卢挚官居翰林学士，故曰"玉堂人物"。

③篷窗：此指船窗。

【译文】

眼前是重重的青山，弥漫着千万缕烟雾，看不到你憔悴的容颜。分别后我独倚篷窗活活地受苦，恨不得跳进大江，随着东流的江水一块儿逝去。

【赏析】

　　朱帘秀是元代著名的杂剧女演员。这首曲子是她存留至今的唯一一首小令，是为赠答著名散曲作家卢挚（号疏斋）而作。这支曲子充满深情与怨恨，表现了对卢挚的一腔深情。

　　这支曲子以写景起，境界十分开阔。在作者眼中，无数青山是隔离情人的屏障，缕缕云烟犹如纷乱的情丝，虚无缥缈而绵绵不绝。第三句由景到人，前来相送的友人那憔悴的容颜也看不到了。这里借送别之人的悲凉意绪，来反衬自己的感伤。

　　四、五两句落笔自己，行舟将发，作者想到等待自己的是孑然一身，独倚孤眠，只有那滔滔的江水与悠悠的离恨与自己做伴。这样的处境实在难以忍受，因而说是"活受苦"。由此想到了"随大江东去"，一死了之，岂不万事都得到了解脱。至此，作者的感情达到高潮，全曲也在沉痛的调子中结束。

　　全曲语言质朴，感情强烈，冲口而出，一泻无余。

延伸/阅读

独步天下的"朱娘娘"

　　朱帘秀是元代杂剧演员的代表人物，也称珠帘秀，当时的后辈艺人尊称她为"朱娘娘"。在元人夏庭芝所著的记载当时艺人事迹的《青楼集》中称朱帘秀"姿容姝（shū）丽，杂剧为当今独步，驾头、花旦、软末泥等，悉造其妙，名公文士颇推重之"；关汉卿则在套曲《一枝花·赠朱帘秀》中称她"十里扬州风物妍，出落着神仙"。

　　朱帘秀在当时可谓名满天下，因此经常出入于贵族豪富之家，与卢挚、胡祗遹、冯子振等高官兼曲作家以及关汉卿这样的职业曲作家交往甚密。她原本活跃在北方，后来到了扬州。在年事渐高之后，嫁给了名叫洪丹谷的道士，后来病逝于杭州。作为一代"戏剧皇后"，朱帘秀堪称是前无古人，后无来者。

学海/拾贝

　　倚篷窗一身儿活受苦，恨不得随大江东去。

刘敏中

名师导读

刘敏中（1243—1318），字端甫。济南章丘（今属山东）人。元代文学家。自幼卓异不凡，官至翰林学士承旨，为官清正，曾因弹劾（hé）权相桑哥辞官归乡。能诗、词、文，著有《中庵集》。散曲仅存小令二首。

【正宫】黑漆弩①·村居遣兴

长巾阔领②深村住，不识我唤作伧父③。掩白沙翠竹柴门，听彻秋来夜雨。闲将得失思量，往事水流东去。便宜教画却凌烟④，甚是功名了处？

【注释】

①黑漆弩：曲牌名，又名《鹦鹉曲》《学士吟》《江南烟雨》，入正宫。

②长巾阔领：指古代隐士简朴的衣着。巾，指古代平民戴的便帽。阔领，指阔领的上衣。

③伧（cāng）父：两晋南北朝时，南方人用以讥讽北方人的蔑称。后泛指粗俗、鄙贱之人，犹言村夫。

④便宜教：即便，即使。画却凌烟：被画到凌烟阁上。凌烟，即凌烟阁，唐朝为表彰功臣而建造的绘有功臣画像的楼阁。

【译文】

穿起平民的衣裳，居住在僻远的乡村，不认识我的人称我是粗鄙的村夫。关起柴门，不再看远处的白沙清江、翠绿疏竹，而是听了一整夜秋雨绵绵的声音。闲暇时将平生的得与失思量一遍，往事像那东逝的流水一般一去不回。即便是把影像画到了凌烟阁上，那里果真是功名了却之处吗？

【赏析】

这首曲子大约写于作者由于弹劾奸臣桑哥受到排挤压制第一次辞官回家之时，表达了作者的牢骚忧愤。

前四句写村居。首句便紧扣题旨，衣着简朴的隐士、幽僻宁静的山村，点出了"村居"环境。联系作者辞官归乡的背景，这种抛却官职、富贵而甘愿跑到偏僻村落居住的举动，自然不能被世俗之人理解，因而"不识我唤作伧父"。前两句包含着作者的自嘲之意，但其傲然独立、不流世俗的志愿也溢于言表。三、四句掩柴门，听夜雨，写的是村居生活。白沙清江、翠绿疏竹，这番美景在眼前，作者此刻却无心观赏，一个"掩"字，突出了作者幽闭的心境。关起柴扉，作者独自倾听一整夜秋雨落下的声音。"听彻"一词活画出作者那辗转反侧、彻夜难眠的情状。

后四句即是遣兴。在这种心境下，作者觉得功过得失都不再重要，所有往事都可付诸流水。末尾两句是作者的叹息：在这贤愚颠倒、天下无道的时代，纵然被列入凌烟阁，果真就是功名了却之处吗？回答无疑是否定的。

作者在这首曲子中用简单的笔触、朴素的文字，勾勒出了深居村野、不问功名的洒脱情怀，表达了对时事的忧虑，曲调沉郁悲凉。

【正宫】黑漆弩·村居遣兴

吾庐却近江鸥住，更几个好事农父。对青山枕上诗成，一阵沙头风雨。酒旗只隔横塘^①，自过小桥沽^②去。尽疏狂不怕人嫌^③，是我生平喜处。

扫码看视频

【注释】

①酒旗：亦称酒帘、酒望、青旗。古代酒店悬挂于路边用以招揽生意的旗子。这里代指酒店。横塘：泛指水塘。

②沽：买。

③尽：任凭，听凭。疏狂：狂放不羁。

【译文】

住处靠近江滨，得以与无心机的江鸥做邻居，还有几个热心肠的农夫做伴。对着青山，躺在枕席上，一首诗作出来后，沙头上袭来一阵风雨。横塘对面飘扬着酒旗，独自走过小桥去买酒喝。只管自己疏狂洒脱，而不怕世俗的眼光，这是我生平最喜欢的。

【赏析】

这首曲子是刘敏中所作的两首《村居遣兴》中的第二首，沿袭了上一首曲子的情怀，但不同于上一首的沉郁悲凉和忧愤叹息，作者在这首曲子中将笔触更多地转向对村野生活的描述，从而表达了心中的志愿。

开篇两句，作者首先介绍了自己的邻居：江上的鸥鸟和几个热心肠的农夫。鸥鹭这个意象总是象征着没有巧诈之心和与世无争。作者把江鸥当作自己的邻居，也象征着自己心境的恬淡。接着，作者开始描绘村居生活的内容。对着青山绿水，倚在枕边写诗，将自己心中之志寄托在诗中。诗写好后，沙头上袭来一阵风雨。诗兴总与酒兴相连，而想要沽酒，只需走过小桥。"只"字写出了酒家离作者住处之近，"自"字不经意地传达出作者孤独的心境。

描述完"村居"之后，作者在曲末点出了所遣的"兴"，即无拘无束、狂放不羁地去做自己想做的事，不去管世俗的眼光和评价，这正是作者平生的志愿。

如果说第一首《村居遣兴》还可以看到作者对功名的思考，那么，这里则是以其疏狂的行为来展现作者洒脱的人生态度。

整首曲子没有华丽的辞藻，却展现出乡村的和谐，在恬淡的情怀中暗藏着对充斥着权力争斗的黑暗官场的厌恶。

延伸/阅读

刘敏中的家教

刘敏中的家庭并不富裕，他的父亲刘景石曾做过官，但因为性格耿直，不合污同流，后被辞官。然而，刘景石并没有因为家庭条件差而忽略对儿子的教育，一方面，他本人颇有才华，精通五经，给儿子以很好的熏陶；另一方面，他特别注重对儿子人格的培养，拿出大把时间来教育儿子。

据《元史》记载，刘敏中"幼卓异不凡，年十三，语其父景石曰：昔贤足于学而不求知，丰于功而不自炫，此后人所弗逮也。父奇之。乡先生杜仁杰爱其文，亟称之。敏中尝与同侪各言其志，曰：自幼至老，相见而无愧色，乃吾志也"。刘敏中小时候就出类拔萃，聪慧过人，他对父亲说，过去的贤才学识渊博而甘于寂寞，多有建树而从不卖弄，这是后人所不及的。刘敏中幼年就志向不凡，而其父亲格外注重对他的培养，鼓励其多读古书，不畏家贫，使得刘敏中拥有坚强的意志力。

刘敏中勤勉好学，孜孜不倦，他在《乐斋赋·序》中写道："余年十六始志于学，求之于师，叩之于友，朝披夕诵，未尝或辍。"用孔夫子的话说就是，敏而好学，不耻下问。能够坚持不懈地学习，不断向别人虚心请教，并且持之以恒，这是多么难能可贵的精神！人们常说，穷人的孩子早当家。或许，刘敏中比同龄的孩子懂事早，深知家庭贫困，故而奋发读书。但如果没有兴趣使然，没有父亲的用心教育，他是不会学有所成的。

刘敏中很懂得为自己打气，自我激励。见父亲罢官在家，他为了不让自己消磨意志，就作《励志赋》进行自我激励。他在赋的前言中写道："余读书既冠，殊拙于生理，其于求田问舍之事，了然不知也。然给养之资，日以艰窘，恐以贫乏累其志气，乃作《励志赋》以自勉。"此外，他还立下远大志向："愿得羽翼如云之生我身兮，余将薄六合而远飞。又欲浮灵槎于沧海兮，泛昆仑以游嬉。乘天风以越阊阖兮，访王母于瑶池。"这种"穷且益坚，不坠青云之志"的品质，为刘敏中后来跻身元代政坛名臣，成为大文学家奠定了基础。或者说，是他父亲良好的启蒙教育，给予了他无尽的动力；而儿时孜孜不倦的苦学，积极求索的乐观，更是他积攒的宝贵财富。

学海/拾贝

☆ 便宜教画却凌烟，甚是功名了处？

☆ 尽疏狂不怕人嫌，是我生平喜处。

陈草庵

名师导读

　　陈草庵（1247—约1320），字彦卿，号草庵。大都（今北京）人。生平事迹不详。元代钟嗣成《录鬼簿》列为"前辈已死名公，有乐府行于世者"，说其曾为中丞。孙楷第《元曲家考略》谓其名英，大德七年（1303）三月曾奉使宣抚江西、福建，延祐初以左丞往河南经理钱粮，寻拜为河南行省左丞。今存小令二十六首。

【中吕】山坡羊①

　　晨鸡初叫，昏鸦争噪，那个不去红尘②闹。路遥遥，水迢迢③，功名尽在长安道④。今日少年明日老。山，依旧好；人，憔悴了。

【注释】

①山坡羊：又名《山坡里羊》《苏武持节》，中吕宫调的一个常用曲牌。

②红尘：飞扬的尘土。形容都市的繁华热闹。

③迢迢：形容流水长长的样子。

④长安道：指入京求官之路。

【译文】

　　清晨公鸡啼鸣，黄昏乌鸦争相聒噪，哪个人不愿意到红尘都市的繁华热闹的地方去呢。路又长又远，水路也如此迢递，那些渴求功成名就的人奔波于入京的大道。少年很快变成了白发老者。山河依旧，人却变得憔悴了。

【赏析】

　　陈草庵这首小令，是嘲讽追逐功名之徒的作品，主题虽老，却有其新意。

　　起笔二句，用晨鸡叫、昏鸦噪切入人们为功名朝夕奔波不休的情景，"争噪"二字暗喻人们竞相追逐功名的丑态。而"红尘"既指路途上之仆仆风尘，亦指名利场中乌烟瘴气。"闹"字用得尤妙，众士人趋之若鹜、追名逐利之状如在眼前。后四句中，陆路遥远，水路迢递，但挡不住奔向京中求取功名的人。"长安道"指入京求官之道路。功名无日，而白首有期，多少人，为求功名，等闲白了少年头，岂不可悲！句中"今日""明日"二语，极言少年易老，人生短暂。

　　结尾掉转笔锋，赞美大自然，显得突如其来，细细玩味，则从容有致。山，自是青山，青山不失其自然的本色。可是人呢？——"人，憔悴了。"人生有限，容易憔悴，何必为了外在的功名，失掉了自己的青春年华。这里用大自然的永恒与美好，反衬人生的短暂与荒谬，便觉格外冷峻清新。

　　这首小令，富于发人深省的情趣和冷峻的艺术魅力。

【中吕】山坡羊·叹世

　　渊明图醉①，陈抟贪睡②，此时人不解当时意。志相违，事难随，不由他醉了齁睡③。今日世途非向日④。贤，谁问你；愚，谁问你。

扫码看视频

【注释】

①渊明图醉：据南朝梁萧统《陶渊明传》记载，陶渊明爱喝酒，任彭泽县令时，让公田都种上高粱来酿酒，说"吾常得醉于酒，足矣"。

②陈抟（tuán）贪睡：陈抟是宋初道士，传说他一觉能睡一百多天。

③齁（hōu）睡：打着鼻息酣睡。齁，鼻息声。

④向日：往日。

【译文】

陶渊明以酒买醉，而陈抟极为贪睡，现在的人不理解他们当时做法的用意。现实的情况违背了自己的志向，所想之事难以实现，就任由他们醉吧睡吧。今朝的世态并非往日。是贤人还是愚人，都无人过问。

【赏析】

这是陈草庵二十六首《山坡羊》中的第二十二首，借两位著名的隐士对当时的社会进行讽刺。

开头两句酒醉的陶渊明与贪睡的陈抟互文见义，极力渲染出他们醉了即睡、睡醒又醉的狂态。他们这种放浪形骸的狂态，无法为元代那些追名逐利之徒所理解。"志相违，事难随"，体现出他们高洁的志趣与世俗的现实相矛盾，无法与政治污浊的乱世同流合污，只好隐居避世。

曲意至此，本已豁然，但作者还不满足，而是进一步说道，陶渊明、陈抟采用"醉""睡"的方式鄙弃世俗，终于赢得贤者、高士的美名。可是今非昔比，今天无论你贤也好，愚也好，竟达到无人过问的地步。昔已不堪，何况今不如昔，达到贤愚不分，正邪颠倒的程度，这是什么样的世道啊！对乱世的揭露犹如剥笋，层层深入。

此曲讽刺辛辣，用语明白如话，具有民歌风格。

延伸/阅读

陈　抟

　　陈抟是五代至北宋初期著名的道士。他出生在唐朝末年，因科举失利而隐居武当山、华山等地，潜心研究易学。五代时，周世宗柴荣曾经召见他，想让其出山做官，被拒绝，柴荣赐他"白云先生"的称号。北宋建立后，宋太宗对他也非常仰慕，屡次召见他，赐他"希夷先生"的称号，并想让他留在都城，但他还是坚决回到了山中。

　　陈抟精通《易经》，且能诗善赋，在当时名望极高。他最大的特点就是善睡，传说他一觉能睡上一百多天，人们都将他视为神仙。到了元代，陈抟不慕名利，沉睡在山中而远离红尘烦扰的行为，得到曲作家的一致推崇，成为元代文人的一种精神寄托。马致远曾作杂剧《西华山陈抟高卧》，其他作家也常在散曲作品中提到陈抟，将他视为古代隐士的代表。

学海/拾贝

☆　山，依旧好；人，憔悴了。

☆　贤，谁问你；愚，谁问你。

奥敦周卿

名师导读

奥敦周卿（生卒年不详），名希鲁，字周卿，号竹庵。女真族人，姓奥敦（汉译又作奥屯）。元代散曲作家。其先世仕金。周卿本人曾任河北道提刑按察司事、河南道提刑按察司事等职。为元散曲前期作家，与杨果、白朴有交往，相互酬唱。今存小令二首，套数三套。

【双调】蟾宫曲①

西湖烟水茫茫，百顷风潭，十里荷香②。宜雨宜晴，宜西施淡抹浓妆③。尾尾相衔画舫，尽欢声无日不笙簧④。春暖花香，岁稔时康⑤。真乃上有天堂，下有苏杭。

【注释】

①蟾宫曲：曲牌名，即《折桂令》，又名《秋风第一枝》《广寒秋》《蟾宫引》《步蟾宫》《折桂回》《天香引》等，变化较多，是昆曲里一支用途极广的曲牌。

②十里荷香：化用宋代柳永《望海潮》词"重湖叠巘（yǎn）清嘉，有三秋桂子，十里荷花"。

③宜西施淡抹浓妆：化用宋代苏轼《饮湖上初晴后雨》"欲把西湖比西子，淡妆浓抹总相宜"诗意。

④笙簧：这里代指各种吹奏之声。笙，管乐器。簧，吹奏乐器里用铜或其他质料制成的发声薄片。

⑤岁稔（rěn）时康：年成丰收，天下康乐太平。稔，庄稼成熟。

【译文】

烟波浩渺的西湖波光荡漾，在百顷微风轻拂的水潭上，十里水面荷香飘溢。雨也适宜，晴也适宜，更像西施那样淡妆浓抹都艳丽无双。一只只画船首尾相接，船上欢声笑语，笙歌弹唱，没有哪一天不热闹非常。春暖时节百花吐露芬芳，庄稼丰收四季安康。真的是"上有天堂，下有苏杭"。

【赏析】

这是一支描写西湖之美的小曲。

小曲以西湖之水开头，湖面一片苍茫，"百顷风潭"令人想象到微风吹拂、静水微澜、波光潋滟的景象。"十里荷香"一句，可以想象到整个西湖的空气中充盈着荷花的香气，让人心醉。这样的西湖，自然有"宜雨宜晴，宜西施淡抹浓妆"的美的资质。三个"宜"字，极尽颂赞，真是无时不美，无处不美。

景色如此美丽，人们当然不能错过。湖上笙歌悦耳、游船如织，和着这美丽的景色显得好不热闹。"春暖花香，岁稔时康"虽是套话，却也与和美的画面相配。美丽的景色、快乐的心情、美好的季节、富庶的生活，作者正是从上述景美人欢两个方面推论出"上有天堂，下有苏杭"。最后作品引用这句民间谚语，有名不虚传之叹，无形中证实了西湖的美名。

此曲运用古诗句和俗语入曲，了无痕迹，非常自然。

延伸/阅读

元代少数民族曲作家

由于经济、文化以及社会发展等差异的存在，元代以前的少数民族文学家如凤毛麟角，极为罕见。元朝是一个各民族大融合的时代，很多少数民族文人接触到了汉族文化，元曲的"门槛"又低于诗词等文学体裁，于是诞生了一批优秀的少数民族曲作家，他们作品多、质量佳，为中国古典文化的发展做出了卓越贡献。

元代的少数民族杂剧作家，至少包括石君宝（女真族，代表作《秋胡戏妻》）、李直夫（女真族，代表作《虎头牌》）、杨景贤（蒙古族，代表作《西游记》，为吴承恩的小说《西游记》奠定了基础）、丁野夫（回族，代表作《俊憨子》）四人。元代少数民族散曲作家则更多，影响较大的有不忽木（康里人）、贯云石（维吾尔族）、薛昂夫（维吾尔族）、阿鲁威（蒙古族）、奥敦周卿（女真族）、兰楚芳（回族）等。

学海/拾贝

☆ 宜雨宜晴，宜西施淡抹浓妆。
☆ 真乃上有天堂，下有苏杭。

马致远

名师导读

马致远（约 1251—1321 年以后），字千里，号东篱。大都（今北京）人。"元曲四大家"之一，元代著名大戏剧家、散曲家。少年时追求功名，未能得志。后曾出任江浙省务提举官。晚年退出官场，隐居杭州郊外。作杂剧十五种，今存《汉宫秋》《青衫泪》《荐福碑》等七种，《汉宫秋》是其代表作。《太和正音谱》将其列为元曲众家之首。今存散曲小令一百一十五首，套数二十三套。

【越调】天净沙①·秋思

枯藤老树昏鸦②，小桥流水人家，古道西风瘦马。夕阳西下，断肠人③在天涯。

扫码看视频

【注释】

①天净沙：元曲惯用的曲牌，又名《塞上秋》，属北曲越调，要求句句押韵。

②昏鸦：黄昏时归巢的乌鸦。

③断肠人：形容伤心悲痛到极点的人。此指漂泊天涯、极度悲伤、流落他乡的旅人。

【译文】

　　枯萎的藤蔓，衰老的古树，夕阳下无精打采的乌鸦扑打着翅膀，落在光秃秃的枝杈上，小桥下溪水哗哗作响，桥边庄户人家炊烟袅袅，荒凉的古道上，一匹瘦马顶着西风艰难地前行。夕阳渐渐落山了，凄寒的夜色里，只有孤独伤心的游子漂泊在远方。

【赏析】

　　这是一首被赞为"秋思之祖"（周德清《中原音韵》）的成功曲作，从多方面体现了中国古典诗歌的艺术特征。

　　首句中作者选择了"枯藤""老树""昏鸦"这三种极具特征性的意象，"枯""老""昏"等字眼则使浓郁的秋色之中蕴含着无限凄凉悲苦的情调。随后，"小桥流水人家"一句看似温馨静谧，但却不是行路之人的归宿。他自然也想自己的家，但是眼下只能在凄凉的古道上迎着萧瑟的西风、骑着疲惫的瘦马继续颠簸，走向天涯异域。此处用瘦骨嶙峋的马，来暗示游子的艰辛劳顿，孤寂无依。夕阳已经西下，他能在夜晚找到住处吗？不得而知。"断肠人在天涯"是曲眼，具有画龙点睛之妙，使前四句所描之景成为人活动的环境，成为天涯人内心悲凉情感的启发物。

　　这首小令很短，一共只有五句二十八个字，却展现出异常丰富的意象。全曲无一秋字，却描绘出一幅凄凉动人的秋郊夕照图，并且以景衬情，寓情于景，在情景交融中构成了一种悲凉的意境，意味无穷。

【南吕】四块玉·浔阳江

　　送客时，秋江冷①。商女琵琶断肠声②。可知道司马和愁听③。月又明，酒又醒④，客乍醒。

【注释】

①冷：凄冷，萧条。

②商女琵琶：此处暗指唐代诗人白居易的《琵琶行》。商女，歌女。

③司马：这里指唐代诗人白居易，曾任江州司马。和：连，连同。

④醒（chéng）：喝醉了，神志不清。这里喻指酒醉。

【译文】

送走客人的时候正是秋天，江面凄冷。歌女边弹琵琶边唱着送别的歌曲，让人分外感伤。她可曾知道我和白居易一样在和着愁绪倾听。明月已经挂上了天空，酒意已浓，客人猛然惊醒。

【赏析】

在马致远现存的散曲中，有一组《四块玉》曲，共十首，抒写怀古伤今、羁旅游宦的情愫。这里的《浔阳江》便是其中词句清淡、韵味深长的一首。

自从《琵琶行》问世后，凡是路经浔阳江的文人墨客都会情不自禁地怀念起一度贬谪江州的唐代诗人白居易。久滞下僚、游宦他乡的马致远到此也产生了真切的共鸣。同是瑟瑟秋江，同是皎皎明月，同是送客江滨，同是华宴相饯，歌伎弹唱着送别的"断肠"曲，只不过白居易为琵琶声而感动，作者却被离愁别绪所拘牵。

月亮越升越高，当主客都感到醉意，分别时刻已在眼前，酒宴正好进行到高潮。酒意已浓，离别的愁思更浓，就在这时，客人突然醒来。"客乍醒"是小令的结笔，也是它的高潮，"客乍醒"其实是主客皆醒——既是从醉意中醒来，更是从宦游生涯里醒来，产生了无可排遣的归隐之思。马致远曲中常见的"恬退"意味，可以理解为是他丰富生活的体验与感受。

此曲感情表达含蓄而克制，将自己为宦情所羁绊而产生的无奈又矛盾的心情体现得淋漓尽致。

【双调】拨不断①

布衣②中，问英雄，王图霸业成何用！禾黍高低六代宫③，楸梧远近千官冢④，一场恶梦。

【注释】

①拨不断：曲牌名，又称《续断弦》。

②布衣：布制作的衣服。借指平民，也指没有官职的读书人。

③禾黍：泛指各种农作物。六代：指东吴、东晋和南朝宋、齐、梁、陈四个朝代，它们均立国于江东地区，以今南京为国都。

④楸（qiū）梧：墓地上的树木。楸，落叶乔木。梧，梧桐，落叶乔木。冢（zhǒng）：坟墓。

【译文】

问在平民百姓中，历史上曾出现过多少英雄，可是成就了王霸事业又有什么用！登高望远，庄稼地里，还看见高高低低的六朝残宫，高大的树下，远远近近都是达官贵人的坟墓，真是一场噩梦。

【赏析】

这首小令，化用了唐代诗人许浑名作《金陵怀古》："玉树歌残王气终，景阳兵合戍（shù）楼空。松楸远近千官冢，禾黍高低六代宫。石燕拂云晴亦雨，江豚吹浪夜还风。英雄一去豪华尽，唯有青山似洛中。"马致远对原诗进行了高度的浓缩和精练，该留者留，该去者去，非常成功。

开头三句，体现了作者一贯的功名虚幻的观点，对应许诗中"英雄一去豪华尽，唯有青山似洛中"的感叹，但却不像许诗那般含蓄，而是情急语迫，直欲起亡灵于地下而问之。许诗的颔联两句基本被马致远原样保留了。这两句是诗人登临时所见之景：千官废冢，六代颓宫，掩映于松楸禾黍之中。它是历史的见证，表达了对前朝史事的追忆，以及由此而来的兴废存亡之感。

结尾处，作者对"六代"的功业进行了总结："一场恶梦。"南朝宋、齐、梁、陈四代开国之君中，刘裕、陈霸先都是出身微贱却登上皇帝宝座的，也就是所谓"布衣"中的"英雄"。和许浑一样，马致远蔑视他们，认为他们的王霸事业，到头来不过是一场噩梦而已。

此曲具有自己的精神和风格，遂能与原作并峙，为人们所传诵。

【双调】蟾宫曲·叹世

咸阳百二山河①，两字功名，几阵干戈。项废东吴②，刘兴西蜀，梦说南柯③。韩信功兀的般证果④，蒯通⑤言那里是风魔？成也萧何，败也萧何，⑥醉了由他。

扫码看视频

【注释】

①百二山河：指秦地。司马迁《史记·高祖本纪》记载："秦，形胜之国，带河山之险，县隔千里，持戟百万，秦得百二焉。"意即秦人的二万兵力可抵百万，或说百万可抵二百万。

②项废东吴：指项羽在垓（gāi）下兵败，突围至乌江畔被追兵追及，自刎而死。乌江在今安徽和县东北，古属吴地。

③梦说南柯：用唐李公佐传奇《南柯太守传》之典。南柯，朝南的树枝。

④韩信：西汉开国功臣，与张良、萧何并称"汉初三杰"。他南征北战、消灭项羽，为刘邦称帝立下了汗马功劳。却遭刘邦猜忌，被吕后所杀。兀的般：如此，这般。证果：佛家语，谓经过修行证得果位。这里有下场、结果之意。

⑤蒯（kuǎi）通：蒯彻，因避讳汉武帝名而改。他原是韩信的谋士，曾劝韩信反汉自立，韩信不听。蒯彻害怕被牵连，就装疯避害。后韩信果被害，并在临死之前大呼"吾悔不用蒯彻之计"。

⑥"成也萧何"二句：韩信一开始在项羽军中，不被重用。后来投奔刘邦，依然不被重用，因萧何的大力推荐才被任命为大将军。吕后杀韩信，用的是萧何的计策，而且是由萧何亲自将韩信骗入宫中杀害。因此民间有"成也萧何，败也萧何"的说法。

【译文】

咸阳一带的山河，因为功名二字，发生了多少战乱。项羽兵败东吴，刘邦在西蜀兴起，最终都像南柯一梦般过去。韩信劳苦功高获得了什么结果，蒯通的预言哪里是疯话？成功是因为萧何，失败也是因为萧何，不如喝醉了一切由他去吧。

【赏析】

在此曲中，作者对汉初叱咤风云的历史事件、历史人物进行了否定，实际上抒发了对现实政治的反感。

首三句气势不凡。咸阳，是秦朝的都城，也是刘邦和项羽这两位乱世英雄倾力争夺的重要城市。作者连用"百二山河""两字功名""几阵干戈"这三个和数字有关的短语，告诉读者争名夺利会给天下带来怎样的危害：战事频繁、人命如草芥。接着，作者又用"南柯一梦"表达了功名富贵敌不过时间的观点。

接下来，作者笔锋一转，用"成也萧何，败也萧何"这句成语，承上启下。

由为刘邦建汉立下汗马功劳的名将韩信的悲剧人生，引申出对翻手为云，覆手为雨这种人情反复的讽谕。告诫人们不要被名利冲昏了头脑。末句"醉了由他"，这种顺其自然超然物外的心态，因此自然呈现，还是可以理解的。

这首短短的小令，包含了许多历史典故，却没有堆砌之感，反而给读者留下了丰富的遐想空间，韵味无穷。

【双调】寿阳曲·潇湘夜雨

渔灯①暗，客梦回②，一声声滴人心碎③。孤舟五更家万里，是离人几行情泪。

【注释】

①渔灯：渔船上的灯火。

②客梦回：游子的梦醒了。回，苏醒。

③"一声声"句：化自唐代温庭筠（yún）《更漏子》。"梧桐树，三更雨，不道离情正苦，一叶叶，一声声，空阶滴到明。"

【译文】

江中的渔火若明若暗，我从梦中醒来，是声声夜雨滴得人心碎难眠。深夜，在这孤零零的小舟中，离家万里，那仿佛不是雨滴，是远离故乡的人思乡的涟涟清泪。

【赏析】

这是一支表达身处天涯、心系故园的"断肠人"羁旅乡愁的小令。

头两句写的是在水上过夜的情景，一个"暗"字奠定了全曲暗淡感伤的气氛。

"客梦回"中的客梦到什么，作者未写，或许是家乡，或许是佳人……此处给了读者无限想象的空间。关键是梦回人醒，却是孤舟夜雨，雨点滴在船舱上，一声声传来，像滴在人的心上。梦中的温暖与现实的凄冷那么不同，怎么不令人"心碎"呢？"心碎"两字，直接切入主题，为全曲之眼。

正因为如此，后两句极写离愁别绪。"孤舟五更家万里"，写离家之远，孤身之苦。"孤舟"照应"渔灯"，"五更"照应"梦回"，"家万里"照应"客"。"是离人几行情泪"，再写思家的痛苦。作者采用比喻手法，把大自然的声声雨滴比作离人眼中滴出的伤心之泪。夜雨无边，人泪亦然，离人"心碎"之深，可以想见。

闻雨伤心，离情顿生，作者将这种诗词中常见的意境和手法引入本曲，语简意深。

【双调】湘妃怨①·和卢疏斋西湖

春风骄马五陵儿②，暖日西湖三月时，管弦触水莺花市③，不知音不到此，宜歌宜酒宜诗。山过雨颦眉黛④，柳拖烟堆鬓丝。可喜杀⑤睡足的西施。

【注释】

①湘妃怨：曲牌名，又名《水仙子》《凌波仙》《凌波曲》《冯夷曲》。入双调。

②五陵儿："五陵"指汉朝五座皇帝陵墓，即长陵、安陵、阳陵、茂陵、平陵。在立陵时曾将富家豪族移居陵区，故"五陵儿"借指豪贵子弟。

③管弦触水：指管弦演奏的乐声在湖上飘荡。管弦，管乐和弦乐。莺花市：指莺啼花开的春色迷人之处。

④颦（pín）：皱眉。眉黛：黛眉。形容远处的雨后春山，好像西施皱起的青褐色的秀眉。

⑤可喜杀：非常高兴，喜气洋洋。杀，语气助词，也写作煞。

【译文】

春风轻拂，五陵子弟骑着马儿游逛，正是西湖三月风和日暖之时，到处莺啼花开，管弦演奏的乐声在湖上飘荡，不是知音不要到这里来，在这里可以尽情地唱歌、饮酒、吟诗。阵雨过后，春山好像西施皱眉，柳絮纷飞，远看垂柳托着烟霭，如西施蓬松的鬓发。美丽的西湖啊，就像睡足初醒的西施那样娇柔妩媚。

【赏析】

马致远应卢挚之邀，用《水仙子》曲牌写了四支小令。这组曲子歌咏春夏秋冬四季的西湖景色，把它们比作了西子姑娘的四种不同风格。本曲是第一首，写西湖春景。

作者入手就避开了直接描绘湖光山色的熟路，先写游人、游兴，渲染了一片热闹欢腾的气氛。第二句进一步补出时间、地点和天气状况：三月西湖一个风和日暖的日子。以下写众多游人的活动，在众多游赏方式中撷出最能表现游乐的方式——奏乐，丝竹声掠过水面，飘散在街市的莺声花丛中。这便给画面配上了音乐，使之平添更多的生气。

四、五两句承上以议论抒情，赞叹西湖美景最能激发游人诗酒吟唱之兴。"不知音不到此"是说非知音不能至此乐境。"宜歌宜酒宜诗"，仿辛弃疾句"宜醉宜游宜睡"，两句境界相近，虽系仿拟，却不失谐调。六、七两句方实写西湖本身景色。万千气象，作者只抓住以西子喻西湖的命题要求，描绘那远处一抹青山，正像美人深翠的眉毛；近处如烟的柳丝，正像美人蓬松的头发。最后一句点破：这不活像刚从浓睡中醒来，神采焕发、喜气盈盈的西施姑娘吗？这一句可谓神来之笔，让西湖的美更加值得玩味。

此曲清新活泼，在古今无数写西湖的诗词作品中，也算得上杰作。

延伸/阅读

"曲状元"马致远

马致远出身书香门第，二十余岁便开始了漂泊生涯，曾任江浙行省务官，是微不足道的小吏。二十余年的时间里，他始终沉沦下僚，在当时的社会背景下根本无法跻(jī)身于上层社会。终于，他在五十岁左右的盛年告别官场，隐居在杭州，不再当"天涯断肠人"。

虽然官场失意，马致远在文坛却有着无可比拟的崇高地位。他的杂剧作品《汉宫秋》等，曲文雅丽、构思精妙、思想深沉，被誉为杂剧中的"绝调"，使他进入"元曲四大家"之列。他的散曲艺术技巧高超、思想内容丰富而深邃，得到同时代及后人无以复加的推崇。元人贾仲明在《录鬼簿续篇》中称："万花丛里马神仙，百世集中说致远，四方海内皆谈美。战文场、曲状元，姓名香、贯满梨园。"

学海/拾贝

☆ 枯藤老树昏鸦，小桥流水人家，古道西风瘦马。夕阳西下，断肠人在天涯。

☆ 月又明，酒又醒，客乍醒。

☆ 布衣中，问英雄，王图霸业成何用！

☆ 咸阳百二山河，两字功名，几阵干戈。

☆ 孤舟五更家万里，是离人几行情泪。

☆ 山过雨颦眉黛，柳拖烟堆鬓丝。可喜杀睡足的西施。

冯子振

冯子振（1257—？），字海粟，自号瀛州客、怪怪道人。攸州（今湖南攸县）人。官至承事郎、集贤待制。为人博闻强识而才气横溢，文思敏捷，诗、文、曲皆工，所作散曲较多。今存小令四十四首。曾著有《海粟诗集》，今人王毅辑有《海粟集辑存》。

【正宫】鹦鹉曲①·山亭逸兴

嵯峨峰顶移家住，是个不唧嚼②樵父。烂柯③时树老无花，叶叶枝枝风雨。【幺】故人曾唤我归来，却道不如休去。指门前万叠云山，是不费青蚨④买处。

【注释】

①鹦鹉曲：曲牌名，又名《黑漆弩》《学士吟》《江南烟雨》，入正宫。

②不唧嚼：不伶俐，不精明。元人口语。

③烂柯：围棋的代称。《述异记》载：晋时王质入山砍柴，见几名童子下棋，他便放下斧子在一旁观看，看完一局，他的斧柄已经腐烂，回家后才知已过数百年了。柯，树枝做的斧柄。

④青蚨（fú）：传说中的水虫名，喻金钱。据《搜神记》描述，若偷取青蚨的幼虫，无论远近，母虫都会飞来，用其血涂在钱币上，用钱买东西后钱必飞回。

【译文】

樵夫迁居到这嵯峨险峻的峰顶，对于采樵的营生并不精通，是个笨拙糊涂的老樵夫。他如神仙一般，在深山老林中的亭子里整日下围棋来度日，陪伴他的只有无花老树，还有在风雨之中飘零的落叶枯枝。故人曾召唤他回到朝廷，他却说不如归隐。他指着门前层层叠叠的万里云山说，这里有无限的山林之趣，是不必用金钱去买的。

【赏析】

此曲是冯子振所作三十八首《鹦鹉曲》中的第一首。以"山亭逸兴"为题，突出了啸傲山林的隐逸之志。

首二句显示，曲子的主人公是一位老樵夫，但不是土生土长的老樵夫，而是中途迁居到这嵯峨险峻的峰顶的，对于采樵这营生并不精通，显得有点儿笨拙糊涂。三、四句中可以看出，这位老樵夫并不从事辛苦的采樵工作，而是在深山老林中的亭子里整日下着围棋来消磨岁月。当然，老樵夫的生活并不像神仙那样美好，伴随他的只是无花老树、落叶枯枝，飘飘在风雨之中。

【幺】篇中，隐居峰顶的老樵夫尚有老朋友在朝廷，便去山中召唤他归来，

然而老樵夫指着门前所望见的万叠云山，对着来到山中招回隐士的故人说："你看，这里有无限的山林乐趣，不必用金钱去买，而且用金钱也不可能买到。"可见，他认为山林之逸乐远远胜过荣华富贵。这位老樵夫的艺术形象渗透了作者遗世弃俗、超然物外的思想情操。

这支散曲语言的精练，刻画出一个生动而丰满的艺术形象，为读者树立了一个不满现实、遗世弃俗的美好榜样。

【正宫】鹦鹉曲·农夫渴雨

年年牛背扶犁住①，近日最懊恼杀②农夫。稻苗肥恰待③抽花，渴煞④青天雷雨。【幺】恨残霞⑤不近人情，截断玉虹⑥南去。望人间三尺甘霖，看一片闲云起处。⑦

【注释】

①扶犁住：把犁为生。住，过日子。

②懊恼杀：心里十分烦恼。

③恰待：正要。

④渴煞：非常渴望。

⑤残霞：晚霞。预示后几天为晴天。

⑥玉虹：彩虹。

⑦"望人间"二句：意为由于盼雨心切，甚至对一片无用的闲云也抱着微茫的希望。

【译文】

年复一年在牛背后耕作扶犁，近日里可使农夫懊恼至极。稻苗肥壮正等着扬花吐穗，苗都要枯死了，却是响晴的天不下一滴雨。可恨苍天不顾人们渴雨的急切心情，让残霞把要下雨的彩虹冲断，云朵向南飘去。农夫注视着那片闲云，盼望它能在人间降下一场好雨。

【赏析】

此曲写稻子抽穗时节农夫盼雨的急切心情。这种直接反映农家生活与农民的思想情绪的作品，在元人散曲中并不多见。

前篇写农夫盼雨。农夫年复一年辛勤耕种，近日却懊恼不已，为什么呢？三、四句给出了答案，"渴煞"二字写出了农夫渴盼下雨的急切心情。他们一年四季勤耕苦作，总希望风调雨顺，能有一个好的收成。而眼下稻苗肥壮，正等着扬花吐穗，偏偏遇上久旱不雨。眼巴巴看着一年的辛苦将要付诸东流，农夫怎能不焦虑欲绝呢？

【幺】篇写天公无情。久旱不雨，阴阳失序，只有几片残霞，隔断彩虹，飘然而去。农夫盼望的是及时雨，而天公偏不作美，天空中只见预示着晴朗的晚霞。农夫遥望着天空，看见有一片云飘了过来，希望这片闲云能降下甘霖。实际上，"闲云"与"残霞"一样，都无法带来雨，农夫注定要继续失望下去。如果说前四句是直接抒发渴望下雨的心情，那么后四句则绘出了农夫对雨的盼望与失望的情景。农夫翘首等雨，见云来又送云去……作者以细致的观察，形象的描绘，把在企盼与现实的矛盾中挣扎的农夫形象推到读者面前。

作为一名士大夫，作者能够体察农夫生活的艰辛，理解他们的心愿，对他们有如此真诚的同情，实属难能可贵。

延伸/阅读

独特的文人群体——隐士

每个时代都有代表性的隐士，例如上古时的许由、巢父，战国时的庄子、鬼谷子、鲁仲连，汉代的黄石公、"商山四皓"，魏晋南北朝时期的陶渊明、陶弘景，唐代的陆羽，宋代的陈抟、林逋（bū），元代的王冕，明清之交的黄宗羲（xī）、顾炎武等，都是声名显赫的隐士。此外还有很多名声不显的隐士湮没在历史的洪流之中。

很多人主张，隐士要区分为"真隐士"和"假隐士"，真隐士就像庄子、陶渊明、林逋等人一样，明明有机会出仕，却厌倦官场、留恋林泉，甘于贫寒乃至困窘的生活。假隐士则将隐居当作终南捷径，是他们获取名望以进入仕途的敲门砖，后人很少将他们当作隐士来看待。

学海/拾贝

☆ 指门前万叠云山，是不费青蚨买处。
☆ 望人间三尺甘霖，看一片闲云起处。

白 贲

名师导读

白贲（约1270—约1330），字无咎。先世为太原文水（今属山西省）人，后迁钱塘（今浙江杭州）。元代散曲作家。四十岁左右出仕，曾任忻州太守、南安路总管府经历等职。他是南宋遗民诗人白珽的长子，善画，工散曲，元散曲史上最早的南籍散曲家之一。《全元散曲》录存其小令二首，套数三套。

【正宫】鹦鹉曲

侬家鹦鹉洲边住①，是个不识字渔父。浪花中一叶扁舟，睡煞②江南烟雨。【幺】觉来时满眼青山，抖擞绿蓑归去。算从前错怨天公，甚也有安排我处③。

【注释】

①侬（nóng）：吴语方言，即"我"。鹦鹉洲：在今湖北武汉西南长江中。

②睡煞：此指睡得沉酣香甜。煞，表示极度之词。

③"甚也有"句：指天公安排我做了渔父。甚，此处作"是"讲。

【译文】

我家就在鹦鹉洲旁边居住，我是个不识字的渔翁。乘一叶扁舟任它在浪花里漂流，在江南烟雨蒙蒙中酣然睡去。醒来时满眼青山更加苍翠，抖一抖蓑衣回去。从前错怨了老天爷，老天爷还是安置了我的去处。

【赏析】

这首小令写渔父的自得其乐。

首二句是渔父的自我介绍：第一句交代住处在"鹦鹉洲边"；第二句交代身份是个渔父，且不识字。次二句展示了渔父生活的两个典型场景：大江之上，白浪滔天，一叶小舟出没风浪中，这是写渔父生活的艰辛和风险；江南烟雨，风光秀美，酣然而睡，这是写渔父生活的自在与闲适。

【幺】篇侧重抒发渔父情怀。前二句承上"睡煞"，描写了渔父醒来以后的一个精彩动作：面对"满眼青山"的美丽风光，没有驻足留恋，而是抖一抖蓑衣，驾起小舟归去。次二句抒怀：过去也曾埋怨过老天爷不公，其实错了，现在看来，做个渔父也是一种极好的命运安排，是老天爷对我的眷顾。

显然，曲中的"侬"并非目不识丁的渔父，而是一个托身渔父的隐逸山水之人。"错怨天公"两句，有可能是自嘲，亦或许是讥讽，均蕴含了作者怀才不遇或抱负无法实现的感慨。此篇在形式结构上分为上下两篇，但在内容上浑然一体，景中寓情，情景交融。全曲表层写一个目不识丁的渔父，深层写一个托身渔父的隐逸山水之人，蕴含了作者怀才不遇或抱负无法实现的感慨。

延伸/阅读

轰动一时的名曲——白贲《鹦鹉曲》

元大德六年（1302）冬，著名曲作家冯子振留寓京城，与几位朋友在酒楼听歌女御园秀演唱《鹦鹉曲》，曲辞优美，旋律动人，只可惜少有人和韵作新曲，因为这支曲子的韵律要求很严。在友人的鼓动下，冯子振一时兴发，按原韵和作，即景生情、抒怀写志、吊古伤今，一口气创作了三十八首和白曲原韵的《鹦鹉曲》（后来又补作了数十首），其才气为古今所罕见。而促成这桩曲坛佳话的《鹦鹉曲》，就是白贲创作的。

实际上，和作白贲此曲的，远不止冯子振一人。例如刘敏中的两首《黑漆弩》，吕济民的一首《鹦鹉曲》和卢挚的一首《黑漆弩》，都是步白曲之韵而作的。这么多曲作家包括白贲的前辈都为白贲的《鹦鹉曲》写和作，当时的歌楼酒肆更是竞相演唱此曲，可见此曲的确有着高超的技巧和极高的评价。

学海／拾贝

☆ 浪花中一叶扁舟，睡煞江南烟雨。

☆ 算从前错怨天公，甚也有安排我处。

张可久

名师导读

张可久（约 1270—约 1348 后），字小山。一说名伯远，字可久，号小山。庆元路（今浙江宁波）人。曾多年出任下级官吏，仕途上坎坷不得志，时官时隐，曾漫游江南，晚年居于杭州。足迹遍及江、浙、皖、闽、赣等地。他是元代散曲清丽派的代表作家，与乔吉并称"双璧"，与张养浩合称"二张"。现存作品有小令八百五十五首，套数九套，是元代传世散曲数量最多的作家。

【越调】凭阑人·江夜

江水澄澄①江月明，江上何人挡玉筝②？隔江和泪③听，满江长叹声。

【注释】

①澄澄：形容江水明净的样子。

②挡（chōu）：拨动，弹拨。玉筝：古筝的美称。筝是古代一种弹拨乐器。

③和泪：带泪。

【译文】

江水清澈，江月空明，江上是谁在弹拨玉筝？隔着江带泪倾听，满江一片长叹声。

【赏析】

《凭阑人》是元人常用的曲牌，而张可久的这支《凭阑人·江夜》尤为著名。本曲记述了作者夜晚在江边偶然听到动人的筝曲，并由此引发无尽感叹之事。

曲子的第一句先写江景月色，着重写江水和月光的清明，营造出一种澄澈宁谧的氛围。时间正当夜晚，这便更加形成幽静的气氛。第二句写突如其来的筝声打破了四周的寂寥，增添了神秘幽婉的韵味。"江上何人捣玉筝？"这里的设问是听到筝声后自然发出的，正说明听者已被筝声打动心弦。

后两句从听者的反应来写江夜筝声。"和泪听""长叹声"，从作者本人感受，推及他人以及周边环境来写筝声的哀伤动人。在这种如痴如醉的状态下，作者感觉到江面上还有很多像他一样被筝声打动的人。甚至觉得连江水也好像被筝声勾起深沉的叹息，所以是"满江长叹声"。这样全曲就形成一种意境，它传达了一种自然而充满感情的境界，从而获得更强的感染力。

这支小令既有类似诗词的意境，又有曲之艺术特色。其语言明白如话，言浅而意深。

【黄钟】人月圆·春日湖上

小楼还被青山碍，隔断楚天①遥。昨宵入梦，那人如玉，何处吹箫？②门前朝暮，无情秋月，有信春潮。看看憔悴，飞花心事，残柳眉梢。

扫码看视频

【注释】

① 楚天：战国时楚国据有长江中下游地区，因此吴越一带泛称"楚天"。

② "那人如玉"二句：化自唐代杜牧《寄扬州韩绰判官》"二十四桥明月夜，玉人何处教吹箫"二句。

【译文】

在小楼上远望却又被四周层叠的青山阻碍了视线，不能看到遥远的楚天。昨晚，那位如花似玉的女子进入了我的梦乡，但现在她在何方吹箫？朝朝暮暮，与我相对的只有门前那无情的秋月和有信的春潮。看看这暮春的残景，飘零无定的飞花正像我的心境，残破的柳叶如同我的双眉。

【赏析】

这是张可久春日寓居西湖时写下的一首抒情小令，通过描绘日暮景色抒发了怀念远人的愁思。

小令前两句写从小楼远望所看到的景象。西湖一带到处是青山，因而作者在楼上远望时，被层层叠叠的青山隔断了视线，不能望见遥远的"楚天"。接下来三句是叙事，说那位如花似玉的美人昨天晚上进入到自己的梦境中了，但她现在不知在什么地方。至此，联系开头两句，原来，所谓"隔断楚天遥"指的就是和如玉般的美人的两地分离。

后三句叙述分离的日子里自己的生活：朝朝暮暮和自己相对的，只有门前秋月和春潮而已，这是多么寂寞，多么孤苦！末尾三句结合暮春景物的特征，借"飞花"和"残柳"来比喻心绪的惆怅。飞花飘飞无定，正像心境的摇曳不定，残缺的柳叶又像双眉的皱褶。

这首曲子以春色勾起春情始，借春残喻愁情，紧扣"春日"来展开，借景抒怀。在情感的表达上形象而含蓄，正体现了张可久散曲典雅蕴藉的风格。

【中吕】普天乐①·秋怀

为谁忙？莫非命。西风驿马，落月书灯。青天蜀道难②，红叶吴江冷③。两字功名频看镜，不饶人白发星星。钓鱼子陵④，思莼季鹰⑤，笑我飘零。

【注释】

①普天乐：词牌名，也是曲牌名。作为曲牌名时，又名《黄梅雨》，南北曲均有此调，南曲入正官。

②青天蜀道难：出自李白的《蜀道难》"蜀道之难，难于上青天"。这里喻奔波之苦。

③红叶吴江冷：化自唐代崔信明的残句"枫落吴江冷"。吴江，即吴淞江，出自太湖，为黄浦江最大的支流。

④钓鱼子陵：指拒绝汉光武帝征召，隐居垂钓的严光，字子陵。

⑤思莼（chún）季鹰：指西晋张翰，字季鹰。《晋书·张翰传》记载，他发现朝政将乱，借口思念家乡苏州的鲈鱼脍、莼菜羹而辞官归隐。莼，莼菜。

【译文】

究竟是为谁这样辛苦奔波？莫非是命中注定。西风萧瑟，驿马颠簸，落月下书卷伴着一盏孤灯。蜀道之难，难于上青天，红叶满山，吴江凄冷。岁月匆匆不饶人，为那功名两字，镜中人已白发苍苍。垂钓的严光，思恋莼羹的季鹰，定会笑我一世飘零。

【赏析】

这首散曲是写仕途失意的作者自觉岁月流逝而功名难遂的悲叹。

曲子开头，作者便自怨自艾：我这样风尘仆仆地奔波劳碌，到底是为了谁，莫非这一切都是命中注定？表面上似乎感慨一切都是命运安排，其实正展现出其心中的愤懑难平。接下来的四句里，作者抛出一系列意象渲染出了一派萧索凄怆（chuàng）的气氛：自己年年岁岁的辛勤劳苦，得到的是什么结果呢？"青天蜀道难"寓意求取功名之路的艰难，而"红叶吴江冷"则暗示无人赏识的萧条境遇。

接着，作者又顺势而下，进一步抒发功名未就而老之已至的感叹。两句一张一弛，形成对照。至此，一个富有才华却无所成就、落寞失意的自我形象已经比较完整地勾画出来了。最后，作者笔锋一转，借抛却功名富贵的高士之口，来说自己热衷功名却一事无成的可笑。以一个自嘲式的"笑"结束了全曲。

此曲用典较多，文辞工巧婉约，非常能体现《小山乐府》的特色，值得细细品味。

【中吕】朝天子①·山中杂书

醉余，草书，李愿盘谷序②。青山一片范宽③图，怪我来何暮。鹤骨清癯④，蜗壳蓬庐⑤，得安闲心自足。蹇驴⑥，和酒壶，风雪梅花路。

【注释】

①朝天子：唐教坊曲名，后用为词牌名、曲牌名。作曲牌名时又名《朝

天曲》《谒金门》，属南曲南吕宫、北曲中吕宫。

②李愿盘谷序：唐代韩愈有《送李愿归盘谷序》一文，言盘谷"泉甘而土肥"，是"隐者之所盘旋"的地方。此处用以指代自己追求的隐居生活。

③范宽：字中立，北宋著名的山水画家。

④鹤骨清癯（qú）：言清瘦如鹤。清癯，清瘦。

⑤蜗壳：比喻狭小如蜗牛壳的圆形屋子。三国时焦先和杨沛建圆舍，形如蜗牛壳，称为蜗牛庐。蘧（qú）庐：用竹子或苇子搭成的简陋房屋。

⑥蹇（jiǎn）驴：劣驴。唐代孟浩然、贾岛、李贺等著名诗人，都有策蹇驴、踏风雪的典故。

【译文】

我醉酒以后，草书韩愈的《送李愿归盘谷序》。看青山重重就像范宽的山水图，责怪我为什么迟暮才来。身体清瘦，在小小的陋室里安身，得到了安闲，心里就满足。骑一匹劣驴，带一只酒壶，迎风冒雪走在梅花路上。

【赏析】

这首曲子以图画般的景物描写，表现了作者隐居生活的悠闲舒适。

作者趁着酒醉微醺，草书韩愈的《送李愿归盘谷序》，这是一篇鼓励急流勇退的士大夫或仕途坎坷的读书人的文章，使自己的情绪得以酣畅淋漓地释放。北宋画家范宽擅画山水，作者眼前的一片青山就如同出自范宽之画一般。青山美丽而且多情，似乎责怪作者归隐得太迟。

"鹤骨清癯"三句，直写作者心中的快乐。本来身躯瘦弱，又肩负着命运的坎坷曲折在路途中奔波，这并不是一件快乐的事。眼看青春岁月就此消磨掉，理应苦不堪言，作者却处之泰然，心安自足。末尾写踏雪寻梅，安贫乐道的思想主旨在这里更加明显地体现出来。踏雪寻梅本是文人雅事，"蹇驴""酒壶"更是成功地突出雅士形象。由此，一个清高、高雅的隐士形象就完整地展现在读者面前了。

曲中写读书赏画、饮酒寻梅，主题是安于现状、自得其乐，歌颂了隐居生活的悠闲清雅，表达了作者保持高贵心灵的志愿。

【中吕】红绣鞋①·春日湖上

绿树当门酒肆，红妆映水鬟儿②，眼底殷勤③座间诗。尘埃三五字④，杨柳万千丝，记年时曾到此。

【注释】

①红绣鞋：曲牌名，又名《朱履曲》，入正宫，亦入中吕宫。

②红妆：盛装的美女或美女的盛装。鬟（huán）儿：少女的一种发型，在两侧梳成两个环形发髻。此处代指少女。

③眼底殷勤：眼光里流露出深厚的情意。

④尘埃三五字：化用唐代鲁收《怀素上人草书歌》一诗中"观尔向来三五字，颠奇何谢张先生"句。其中的"三五字"指的是墙壁上蒙着灰尘的怀素上人的字，整首诗写怀才不遇。

【译文】

绿树环绕的酒店里，梳着环形发髻的女子浓妆艳抹，情意殷勤，斟杯劝酒，席间诗友即兴赋诗。当年题写的三五诗句都已蒙上尘埃，眼前只有杨柳枝条万缕千丝，只记得往年曾经在这里停留。

【赏析】

张可久的《红绣鞋·春日湖上》共有两首，写的是其赏咏最多的苏杭风光。本曲为第二首，所写时令是春天，地点是西湖，事情是回忆昔日的诗酒之会，感慨如今时过境迁，青春年华早已不在。

开篇三句暗用司马相如和卓文君的典故，目的是将感情融入自然景物之中。第一句写西湖边有绿树、水岸、酒肆——这是现实环境。第二句梳着双鬟的少女的影子浮映湖上。第三句暗用《史记·司马相如列传》中"相如乃使人重赐文君侍者，通殷勤"文意。这位殷勤传诗的人应该就是上句中梳着两鬟的可人儿了。

第四句写往日题在壁上的字蒙上了灰尘，暗喻怀才不遇之意。由壁上题字，作者又想到了"杨柳万千丝"，无不惹起对往事的追忆。曲中"三五字"和"杨柳"是联系今昔的意象。"尘埃"和"万千丝"突显时间的威力。最后一句点出了追忆的内容。忆什么呢？忆"年时曾到此"的事，也就是前文的"绿树当门酒肆，红妆映水鬟儿，眼底殷勤座间诗"。

曲子描绘了一个令人怀念的美好快乐景象，可是当年的盛况都已经化为尘埃。最后一句抒情，表现了对时间流逝的无奈与对当年盛景的怀念。

【中吕】卖花声①·怀古

美人自刎乌江岸②，战火曾烧赤壁山③，将军空老玉门关④。伤心秦汉⑤，生民涂炭⑥，读书人一声长叹。

【注释】

①卖花声：原为唐代教坊曲名，后用为词牌，又用为曲牌。作为曲牌，属中吕宫。

②"美人"句：美人指西楚霸王项羽的爱姬虞姬。项羽在垓下被汉军围困，与虞姬诀别后突围至乌江畔自刎。传说虞姬也自刎而死。

③"战火"句：指三国时的赤壁之战。公元208年，周瑜指挥吴蜀联军

在赤壁用火攻击败曹操大军。

④ "将军"句：指东汉班超垂老思归之事。《后汉书·班超传》记载，班超久镇西域，年老思归，给皇帝上了一封奏章，其中有"臣不敢望到酒泉郡（在今甘肃），但愿生入玉门关"之句。玉门关，在今甘肃敦煌西北，是通往西域的门户。

⑤秦汉：泛指前代。

⑥涂炭：比喻受灾受难。涂，泥沼。炭，炭火。

【译文】

美人虞姬自尽在乌江岸边，战火也曾焚烧赤壁万只战船，将军班超白白老去在玉门关。伤心秦汉，让生灵涂炭，读书人只能一声长叹。

【赏析】

这是咏史怀古的曲子。

曲子开头先列举了三个历史事件，不过这三件事不仅不同时、不同地，而且不属于同一类。似乎三件事彼此毫无逻辑联系，然而"伤心秦汉，生民涂炭"两句，笔锋一下子转到了普通老百姓，到这里才显示出前三句内容的共通之处。纵观历史，不管是英雄美人还是名将勇士都可以名垂青史，但没人去理会到底有多少不知名的老百姓饱受疾苦。作者揭示了一个严酷的现实，即不管在哪个朝代，民生疾苦更甚于英雄美人的穷途末路。

有鉴于此，最后的"读书人一声长叹"，百感交集，意味格外深长。这里的"读书人"可泛指当时有文化的人，也可特指作者本人。最后的"叹"字含义丰富，一是叹国家遭难，二是叹百姓遭殃，三是叹读书人无可奈何，反映了作者作为知识分子忧国忧民的情怀。

在形式上，这首曲子中对比的运用产生了显著的艺术效果。在语言风格上，此曲运用平直的白话，结句"读书人一声长叹"的写法更是传统诗词中见所未见、闻所未闻。

【中吕】喜春来·金华客舍①

落红小雨苍苔径，飞絮东风细柳营②。可怜客里过清明。不待听③，昨夜杜鹃④声。

【注释】

①喜春来：词牌名，也是曲牌名。作为曲牌名有多种格式，《太平乐府》入中吕宫，《太和正音谱》入正宫。金华：元代称婺（wù）州，为婺州路治所，是浙江西南的交通枢纽。

②细柳营：指汉代周亚夫将军当年驻扎在细柳（今陕西咸阳西南）的军队，以军纪严明著称。后泛称严整的军营为柳营。这里借指春风杨柳生机勃勃的景象。

③不待听：不忍听，不能听。

④杜鹃：又名子规、杜宇、布谷，由于啼叫的声音和"不如归去"相似，常被用来寄托思乡、离别的伤感之情。

【译文】

落红点点，细雨绵绵，小径上长满青苔，飞絮飘飘，春风习习，细柳飘拂好景致。可怜我在异乡度过清明。不忍心去听昨夜杜鹃的啼鸣声。

【赏析】

这首小令描绘了一幅清丽的春景图，

色彩鲜明而不浓艳，玲珑剔透又意境开阔。写于作者客居金华之时，写景中更蕴藏着一丝隐约的哀愁。

小令开篇便勾勒出了一片美好的春景，整个画面色彩鲜明，动静结合，灵动而充满生机。借用"细柳营"的典故，实指春风杨柳的景致，以此来与上句中的"苍苔径"相对，用来装饰曲子。紧接着一句"可怜客里过清明"，转折显得有些突然。在这般如诗如画的春景中度过清明，为何会感觉"可怜"？是因为他乡之景引发了其思家之情。关键的"客里"二字，不仅满含遗憾之意，同时还透出油然而生的孤独感。

前面几句所表现出来的愁绪是淡淡的，而在结尾处，那愁绪在杜鹃的啼鸣中更显得浓重了。"不待听，昨夜杜鹃声。"表明作者的思乡情绪并非看到春意盎然的景象之后才生起，而是在昨夜依稀听见杜鹃声声"不如归去"的催促时，就已经惆怅满怀了。"不待听"，意为不忍听，是指作者不忍听那一声紧接一声"催归"的啼鸣，怕更引出无尽的哀愁。

这首小令落笔轻盈，风格潇洒飘逸，宛如一幅充满生机的水彩写生画。简短的字句间包含了丰富的情思，体现了小山曲清丽婉转、情深味厚的格调和风格，非常值得玩味。

【越调】天净沙·鲁卿①庵中

青苔古木萧萧，苍云秋水迢迢。红叶山斋小小。有谁曾到？探梅人②过溪桥。

【注释】

①鲁卿：一位隐居山寺的鲁姓隐者。
②探梅人：指作者自己。梅，比喻高士。

【译文】

满院青苔，一株株古树稀稀疏疏，苍云片片下面秋水迢迢。红叶掩映着小小的山斋。有谁曾经来到？探梅人已走过溪桥。

【赏析】

这首曲子描绘了友人鲁卿隐居之地的美好景致，宛如一幅淡远幽雅的山水画。

全曲仿佛是由作者引领读者走上探梅访友之路。

首句写友人隐居之处：青苔通常生长在人迹罕至的地方，暗指隐居之地的偏僻清静。次句展开来描绘隐居处的远景，意境颇为悠远。青苍色的云，迢迢的秋水，这一片景色的特点是幽静、淡远。

第三句走近写友人居住的房屋，突出雅致的感觉。在一片红叶的掩映之下，坐落着隐者小小的书斋，也就是曲子题目里的"鲁卿庵"，简朴中又见雅致。末尾两句将曲子的幽情进一步展现了出来。"有谁曾到"，言外之意就是几乎无人到此。曲子里所访之友虽一直没出现，但绘其古树、秋水、红叶、清梅，无不是喻高士的高洁品格、明净心怀。探梅就是探望这位隐居深山的高人。

曲子笔墨简淡，风格高远，字里行间都是对友人隐逸生活的赞美，以及作者对隐逸生活的真诚向往。

【双调】水仙子·次韵

蝇头老子五千言①，鹤背扬州十万钱②，白云两袖吟魂健③。赋庄生秋水篇④，布袍宽风月无边⑤。名不上琼林殿⑥，梦不到金谷园⑦，海上神仙。

【注释】

① 蝇头：小字。老子五千言：指春秋时期的思想家老子所著的《道德经》，全书约五千字。

② "鹤背"句：喻指幻想中的财富。典出南朝梁殷芸《殷芸小说》："有客相从，各言所志，或愿为扬州刺史，或愿多赀（zī）财，或愿骑鹤上升。其一人曰：'腰缠十万贯，骑鹤上扬州。'欲兼三者。"

③ 白云两袖：指除了天上的白云，一无所有。吟魂：作诗的灵感。

④ 赋：这里指诵读。庄生秋水篇：《庄子·外篇》中的名篇，阐述了人的认识有限的思想，告诫人们要宏观地看待问题。

⑤ 风月无边：无限美好的景色。

⑥ 琼林殿：古代宴请新及第进士的场所。

⑦ 金谷园：晋富豪石崇的园林，极为豪华富丽，旧址在今河南洛阳。

【译文】

每日用蝇头小楷书写老子的《道德经》，幻想自己腰缠万贯，骑鹤升仙，两袖白云，诗兴勃发。诵读庄周《秋水》篇，布袍宽松，眼前景色无限美好。名字不上琼林殿，梦不到那富豪的金谷园，就做一个海上神仙。

【赏析】

这首曲子以豪放的笔调表现了不求功名富贵的思想和闲适安乐的生活情趣。

老子所著的《道德经》，洋溢着"自然""知足""寡欲"思想，这就是作者提到这本书的原因。次句则表达想要抛弃功名富贵去做神仙，追求逍遥自在的境界。"白云两袖"的意思和"两袖清风"相同，形容一无所有、无所牵累。"吟魂健"三字十分形象，将诗才健旺的神态表现得活灵活现。"赋庄生秋水篇"一句，再次体现出作者对道家思想境界的偏爱和向往。"布袍宽风月无边"一句，展现了作者如出尘高士一般的风骨，其中"风月无边"四字极尽清丽风雅。

"名不上"两句，作者用两个齐整而又形象的句子描述了既不求功名，也不羡富贵的心态，曲末"海上神仙"意在说明只有这样，才能获得绝对的自由，成为逍遥自在的神仙。

作者一生坎坷，在仕途上不得志，于是转而在无限美好的自然风物中寻找更为宽广的天地。本曲正是表达了作者这种思想。在形式上，曲子句式参差错落，构成了整齐中有变化的美。

【双调】水仙子·秋思

天边白雁写寒云①，镜里青鸾瘦玉人②，秋风昨夜愁成阵。思君不见君③，缓歌独自开樽④。灯挑尽，酒半醺，如此黄昏。

【注释】

①"天边"句：意为白雁在空中或排成一字，或排成人字，像在写字一般。白雁，似雁而比雁小的一种白色候鸟。

②"镜里"句：意为女子对镜自怜，犹如青鸾对镜一般。鸾，传说中类似凤凰的一种鸟，喜欢对镜起舞。南朝的刘敬叔在《异苑》中记载"鸾睹影悲鸣，冲霄一奋而绝"，故后世称镜为青鸾。

③思君不见君：化用宋代李之仪《卜算子》中的"日日思君不见君，共饮长江水"。

④开樽：举杯饮酒。

【译文】

天边南归的白雁，一会儿排成一字，一会儿排成人字，像在空中写字一般，闺中女子犹如青鸾对镜自怜，为自己的憔悴而伤感，昨夜的秋风让人陷入愁阵不能自拔。思念着你却见不到你,缓缓唱出一支凄婉的歌,举杯独酌。灯燃尽了,酒喝得半醉了,却刚刚到黄昏。

【赏析】

这是一支妻子怀念远别丈夫的闺怨小令。作者以独特的感受别开生面地写出了一位闺中女子细腻曲折的情怀。

曲子开头通过对客观景致的描绘使全曲笼罩上一层凄凉的氛围。正值秋季,成群结队的白雁南迁。一个"寒"字突出了秋天的苍凉寂寥。明写雁南迁,暗写人远离。用天上的白雁象征远人,青鸾喻对镜自怜的闺中女子,所以对镜自怜的女子是憔悴伤感的。起首两句,一写景,一写人。两句既是映衬,也是对照,并且都写得不同凡响。

第三句猛一回首,说到了昨夜秋风,自然而然点出"愁"字。"思君不见君"一句,点明了题旨,道出了"愁"的原因。女子思念着自己的爱人,却又无法见到,于是寻求排遣,唱起凄婉哀怨的歌曲,继而女子又举杯独酌,希望得以摆脱愁苦困扰。结尾三句令人黯然神伤,特别是"如此黄昏"一句,使读者很容易想到李清照"独自怎生得黑"的苦闷状态,真是"怎一个愁字了得"。为人们留下无尽的联想余地,意味悠长。

【双调】折桂令·九日①

对青山强整乌纱,归雁横秋②,倦客思家。翠袖殷勤③,金杯错落④,玉手琵琶。人老去西风白发,蝶愁来明日黄花⑤。回首天涯,一抹斜阳,数点寒鸦。⑥

【注释】

①折桂令:曲牌名,即《蟾宫曲》。九日:特指农历九月初九重阳节。

古人素有在重阳节登高怀乡的习俗。

②归雁横秋：南归的大雁在秋天的空中横排飞行。

③翠袖殷勤：指歌女殷勤劝酒。化用了宋代词人晏几道《鹧鸪天》中的"彩袖殷勤捧玉钟，当年拚却醉颜红"。

④金杯错落：指各自举起酒杯。

⑤"蝶愁"句：化用了苏轼《九日次韵王巩》中的诗句"相逢不用忙归去，明日黄花蝶也愁"。

⑥"回首"三句：化用了宋代秦观《满庭芳》"斜阳外，寒鸦数点，流水绕孤村"句。

【译文】

面对着青山勉强整理头上的乌纱，归雁横越秋空，厌倦羁旅的游子思念故乡。回忆起歌女殷勤劝酒的情形，酒杯错落频举，玉手弹奏琵琶。而今人已老去，萧瑟的西风吹动满头白发，蝴蝶为快要凋谢的黄花发愁。回头看茫茫天涯，只见一抹斜阳，几只寒鸦。

【赏析】

这支小令通过描述重阳节的所见所感，抒发了作者暮年的愁怀。

开头三句中，作者面对着青山想到隐居，于是觉得头上的乌纱帽很是难堪，却又感到弃之可惜，表现了厌倦官场而又舍不得离开的矛盾心理。显然，作者把为官看作是客寓，将归隐当作是真正归宿。因此，在秋高气爽的重阳时节，万物萧疏，大雁南归，这样的情景很容易勾起游子对故乡的思念。"横"字巧妙地写出了一行大雁的萧瑟之感，"倦"字加深了沉重感。

接下来三句突然转入对富贵生活的描写，这是作者回忆做官时欢乐生活的片段：美人殷勤劝酒，金杯频举，更有纤纤玉手弹奏琵琶助兴。这里写尽了宴客场景的繁华热闹，和开头三句形成了强烈的对比。但作者已是垂垂老矣，萧瑟的西风吹着满头白发，终于醒悟到，面对快凋谢的黄花，蝴蝶也发愁，何况人呢。结尾三句，勾勒出了一片凄凉的秋景。茫茫天涯，夕阳西下，几只远飞的寒鸦，一切景语皆情语，此景此情，怎能不令人伤感？

这首小令语言清丽，巧妙化用前人诗词佳句，用典化句都十分自然。

【双调】庆东原·次马致远先辈韵

诗情放，剑气①豪。英雄不把穷通较②。江中斩蛟③，云间射雕④，席上挥毫。他得志笑闲人，他失脚闲人笑。

【注释】

①剑气：宝剑的光芒。比喻人的才华、勇气。

②穷通：指人生际遇的困厄和显达。较：计较。

③江中斩蛟：晋代周处入水斩蛟，为民除害的故事。

④云间射雕：北齐斛（hú）律光随君主行猎，射落云中大雕的故事。

【译文】

诗情激越奔放，剑气豪迈直冲云霄。英雄不计较一时的困厄或显达。勇猛威武的周处江中斩蛟龙，武艺高强的斛律光射落云间大雕，文采焕发，即席赋诗挥毫。那些小人，得志时嘲笑别人，失意时被别人耻笑。

【赏析】

此曲是马致远《庆东原·叹世》的和曲，原作已佚。马致远的活动年代比张可久早，无论是人品还是文风都对张可久产生了一定影响。

曲子开篇便气势宏大，韵调高昂，写出了一位英雄人物的胸怀气魄，周处能咏诗，会舞剑，可谓是文武双全；此外，他从不计较个人一时的穷困失意或显达得意，思想境界也是不同凡响。接下来的四、五、六句鼎足相对，具体描写这位英雄的文武之才。他能像勇猛威武的周处那样，无畏地在江中斩杀蛟龙，和北齐的斛律光一样箭法高超，能射中云中的大雕，更有超凡的文才，能在大庭广众之下挥毫写诗作文。这里再次强调他的能文能武，但并非简单的重复，而是暗中将他与历史上的豪杰相提并论，从而衬托出其气概非凡的英雄形象。

末尾两句是作者对世俗小人的嘲讽，他们得志时嘲笑别人，失脚后别人都笑他们。作者塑造一个英雄的形象，目的就是为了讽刺现实生活中的势利小人。结尾两句对比强烈，力透纸背。

这首曲子写出了英雄人物应有的气度和胸怀，感情豪迈旷达，笔力雄健奔放，文辞间尽显英雄本色，在《小山乐府》中独树一帜。

延伸/阅读

张可久：元朝底层文人的缩影

张可久是传世作品最多的散曲大家，有"词林宗匠"之誉，连元武宗在宫中赏月之时都指定宫女演唱他的作品。但是，与他博古通今的才学与享誉天下的声望不符的是，作为元代社会最底层的南人知识分子（张可久是浙江人），科举屡屡失利，毕生都沉沦下僚，曾任路吏、典史、掾（yuàn）史等小吏。到了七十岁时，他还是不得不隐瞒年龄当一个小小的昆山幕僚，目的无非是养家糊口。他与卢挚、贯云石、刘时中、倪瓒（zàn）等高官或名士都有交往，但由于身份悬殊，他往往担任对方的清客，无法与对方平起平坐。这种怀才不遇、寄人篱下的痛苦，在他的作品中多有反映。

张可久的遭遇是值得同情的，而他远非孤例。在严重不平等的元朝社会，汉族知识分子中跻身中上层的不过是少数，多数人只能像张可久这样，在内心的痛苦和失落中度过一生。

学海 / 拾贝

☆ 隔江和泪听，满江长叹声。
☆ 看看憔悴，飞花心事，残柳眉梢。
☆ 钓鱼子陵，思莼季鹰，笑我飘零。
☆ 尘埃三五字，杨柳万千丝，记年时曾到此。
☆ 伤心秦汉，生民涂炭，读书人一声长叹。
☆ 可怜客里过清明。不待听，昨夜杜鹃声。
☆ 灯挑尽，酒半醺，如此黄昏。
☆ 回首天涯，一抹斜阳，数点寒鸦。

张养浩

名师导读

　　张养浩（1270—1329），字希孟，号云庄。济南（今属山东）人。元代著名政治家、文学家。官至礼部尚书、中书省参知政事。五十余岁时辞官归隐，朝廷七聘不出。八年后因赈灾出山，积劳成疾逝于任上。诗文集有《归田类稿》，散曲集有《云庄闲居自适小乐府》。今存小令一百六十一首，套数二套。

【中吕】山坡羊·潼关①怀古

　　峰峦如聚，波涛如怒，山河表里②潼关路。望西都③，意踌躇。伤心秦汉经行处，宫阙④万间都做了土。兴，百姓苦；亡，百姓苦。

扫码看视频

【注释】

　　①潼（tóng）关：古关口名，现属陕西潼关。城关建在华山山腰下，下临黄河，非常险要。

　　②山河表里：指潼关外有黄河，内有华山。形容潼关一带地势险要。

　　③西都：指长安（今陕西西安）。这是泛指秦汉以来在长安附近所建的

都城。

④宫阙：宫殿。阙，皇宫门前面两边的观楼。

【译文】

群峰众峦在这里汇聚，大浪巨涛像是在这里发怒，外有黄河，内有华山，潼关地势险固。遥望古都长安，思绪起起伏伏。令人伤心的是途中所见的秦汉宫殿遗址，万间宫殿早已化作了尘土。一朝兴盛，百姓受苦；一朝灭亡，百姓还是受苦。

【赏析】

此曲是张养浩晚年的代表作，也是元代散曲中不可多得的思想性和艺术性都很高的作品。

作者一开始就用"聚""怒"写出了山形的高耸聚集，水势的波涛汹涌，呈现出山河雄伟壮丽的景象，感情悲壮沉郁，风格豪放雄浑。"山河表里"一句，总括山河，归到潼关，写出了潼关地势的险要。潼关路是一条历史兴亡的路，走过了多少胜利者和失败者，又有多少朝代走向兴盛或衰亡。

"望西都"两句，描写了作者西望长安的无限感慨。长安这个特定的历史舞台上，演出过多少威武雄壮、悲欢离合的戏剧，而劳苦大众曾在长安这块土地上流过多少血汗！这就是作者"意踌躇"的原因吧。"伤心秦汉"两句，盛极一时的秦汉王朝，在人民的怒吼声中都已灭亡，犹如"宫阙万间都做了土"一样。字里行间寄托了作者多少感慨！

最后一句作者大发感慨："兴，百姓苦；亡，百姓苦。"指出一个朝代的兴也好，亡也好，受苦的都是老百姓。这一主题重要而尖锐，表达了作者对人民的深切同情和对封建统治者的无比愤慨。

这首小令写景、抒情、议论紧密结合，用语精辟，形象鲜明，迸发着先进思想的光辉，在中国古典诗歌中是极为优秀的作品。

【中吕】朱履鞋·警世

才上马齐声儿喝道①，只这的便是那送了人的根苗②，直引到深坑里恰心焦③。祸来也何处躲，天怒也怎生饶，把旧来时④威风不见了！

【注释】

①喝道：古代官员出行，前有衙役高声吆喝，让行人回避。

②送了人：害人。根苗：原因。

③深坑：指极大的祸患。恰：才。

④旧来时：从前。

【译文】

才当上了官就有差役齐声喝道，耀武扬威的官宦气势便是导致灾祸的根本原因，灾祸来临的时候才知道心急。祸来了躲到哪里去，老天动怒了，为官者怎么能得到宽恕，旧日的威风到此时全都不见了！

【赏析】

这首曲子是对那些为官者平时作威作福，显赫一时，到头来免不了天怒人怨、大祸临头的嘲讽，也表露了作者鄙薄功名利禄、厌恶官场生活的思想。

首句便形象地刻画出了为官者声势显赫、不可一世的神态。有动作有声音，渲染出一种有威有势的气氛。第二句紧接着陡然一跌，似兜头冷水泼下，这种忘乎所以、得意忘形的神态举止，便是导致灾难的祸根啊！

第三句照应了第一句，骑在高头大马上，不可一世，忘乎所以，一旦失足跌进深坑里，"恰心焦"。"祸来也何处躲，天怒也怎生饶"两句，作者用更加直率的笔法，指出了当初何等作威作福的为官者最终是天地不容的。同时刻画了他们在大祸临头时无处躲藏的狼狈相，与首句所写的神态形成了鲜明对比。结句是对四、五两句中所描写的丑态的概括和评价，作者以旁观者的身份，揭露出官场的黑暗和险恶，其中警世之意不言而喻。

整支曲子全用口语，以助词"恰""也""来"等加强语气，显得语重心长，有毋庸置疑的效果，近代学者卢前认为此曲"足为当头棒喝"。

【双调】水仙子·咏江南

一江烟水照晴岚①，两岸人家接画檐②，菱荷③丛一段秋光淡，看沙鸥舞再三，卷香风十里珠帘④。画船儿天边至，酒旗儿风外飐⑤，爱杀江南。

【注释】

①烟水：江南水汽蒸腾有如烟雾。晴岚：岚是山林中的雾气，晴天天空中仿佛有烟雾笼罩，故称晴岚。

②画檐：绘有图案的屋檐。

③菱（jì）荷：指菱叶和荷花。菱，菱的古称。

④"卷香风"句：即为"十里香风卷珠帘"，化用杜牧《赠别》诗句"春风十里扬州路，卷上珠帘总不如"。

⑤飐（zhǎn）：风吹物使之颤动、抖动。

【译文】

满江的烟波和岸边山中的雾气相映，两岸人家彩绘的画檐紧密相连，江面上菱叶荷花丛生，秋光恬淡，看沙鸥正在江面上飞舞盘旋，家家卷起珠帘飘出香风阵阵。美丽的船儿好像从天边驶来，酒家的旗帜迎风招展，江南真是太让人喜爱了。

【赏析】

这首小令描写的是秋日江南水景。

作者笔下俨然一幅水墨画。小令首先抓住江南景物的特殊风貌进行描写。首句写出了强烈阳光照耀下水汽蒸腾、江上烟波与岸上山岚相映生辉的景象，给人以既明朗又迷离的感受。次句写放眼望去，两岸人家的彩色画檐一排接一排。第三句至第五句都是美好的江南风光的描写，中间的"看沙鸥舞再三"一句，描写沙鸥踱步和拍打翅膀的体态，犹如在翩翩起舞。"卷香风"句，则表现的是珠帘下佳丽的动态。这几句用词上显得多样而富于变化，从而增添了活泼生动的韵味。曲中景物与人家的描写交错而行，景色是淡泊清新的，人家是富庶豪华的。不断反复、皴染，将风光美好、豪华富贵的江南呈现在读者面前。

接下来两句，继续描写江南常见的景物，意境开阔，风格恬淡，动静相宜。有了前面大量经过精心安排与勾勒的景物描写，最后一句"爱杀江南"就可以看作瓜熟蒂落，水到渠成。

全曲结构简约中又富于变化，读来如同身临其境，真实自然，显示出大家手笔。

【双调】雁儿落兼得胜令① · 退隐

云来山更佳，云去山如画，山因云晦明②，云共山高下。倚杖立云沙③，回首见山家④。野鹿眠山草，山猿戏野花。云霞，我爱山无价。看时行踏，云山也爱咱⑤。

【注释】

①雁儿落兼得胜令：由《雁儿落》和《得胜令》两个曲牌组成的带过曲。

②山因云晦明：言云来山就昏暗，云去山就明朗。

③云沙：指云海。

④山家：山那边。家，同"价"，语助词。

⑤咱：自称之词。

【译文】

白云飘来，山势迷蒙，景物更佳；白云飘去，山色明朗，山景美如图画，山因云来云去而忽明忽暗，云因山势高低而忽上忽下。我倚着手杖站立在高山云海之中，回头看见山的那头。野鹿在山草中安眠，山猿在野花中嬉戏玩耍。我爱这变幻迷人的云霞，爱这秀丽的山峰，它们的妙处无法估价。我边走边看，那云山对我也充满爱意。

【赏析】

这首带过曲写云、写山，画就一幅云山缥缈的优美图画，流露出作者对云山图景的依恋和挚爱。

前面的《雁儿落》，写出了景致的变化之势。高山之上，云雾缠绕。云隔断了山，山衬出了云的飘逸和轻盈。"来""去"二字，既写出了云的动势，又写出了山色的变化，更写出了云山浑然一体、互相映衬所造成的奇观。接下来二句，更进一步从显隐、高低的角度来表现云山相依赖而呈现其美的妙境。短短四句，云、山之间的虚虚实实，极尽显隐变幻之至。

后面的《得胜令》，作者把自己融入这美妙的环境之中。"倚杖"二句，写人的瞻顾不已，拄杖而行，走走停停，注目而观，生怕放过了这变幻莫测的奇妙景致。"回首"二字，写作者回过头去看山中景致，一片恬静、和平：睡卧草丛中的野鹿，顽皮嬉戏的山猿。这分明是人迹不到的世外桃源。"云霞"二句，写作者对山中景色的眷眷深情，一时间似乎忘却了一切忧愁和烦恼，完全沉醉于云山景色之中。

结尾两句，作者边走边看，细细品味山色景观，渐渐地感到物我交融，人山之间似乎产生了浓厚的感情，造成了物我浑然一体的交融境界。显然这正是作者理想的退隐生活。

延伸/阅读

用生命赈灾的张养浩

张养浩的仕途极为顺畅，官至礼部尚书、中书省参知政事。1321 年，因为残酷的政治斗争，五十岁左右的张养浩主动致仕，回到老家济南开始隐居生活，并屡次推辞了朝廷的征辟。

1329 年，已经隐居八年之久的张养浩却出山了，担任陕西行台中丞。原来，当时陕西发生大旱，朝廷让他主持赈灾工作。他不顾年老体衰来到陕西，全身心投入赈灾工作。之后的时间里，他始终住在官署，白天处理政务、赈济灾民、惩处奸商污吏，晚上诚心向上天祈雨，从早到晚没有丝毫的懈怠。终于一场大雨降临，他一连作了多首散曲来表达自己的喜悦。但是，高强度的工作令他积劳成疾，他在到任四个月后病逝于任上。

学海/拾贝

☆ 兴，百姓苦；亡，百姓苦。

☆ 画船儿天边至，酒旗儿风外贴，爱杀江南。

☆ 云来山更佳，云去山如画，山因云晦明，云共山高下。

周德清

名师导读

　　周德清（1277—1365），字日湛，号挺斋。高安（今属江西）人。所著《中原音韵》一书，对语音学和曲律的研究贡献甚著。《录鬼簿续编》称其"又自制为乐府甚多……长篇短章，悉可为人作词之定格"。又云："故人皆谓德清之韵，不但中原，乃天下之正音也；德清之词，不惟江南，实天下之独步也。"散曲现存小令三十一首，套数三套。

【正宫】塞鸿秋·浔阳即景①

　　长江万里白如练，淮山数点青如淀②；江帆几片疾如箭，山泉千尺飞如电。晚云都变露，新月初学扇③，塞鸿一字④来如线。

【注释】

　　①塞鸿秋：曲牌名，属正宫。浔阳：江西九江的别称。即景：就眼前的景物（作诗）。

　　②淮山：泛指淮河流域的远山。淀：通"靛（diàn）"，即靛青，一种青蓝色染料。

　　③新月初学扇：指新月的形状像展开的扇子。

　　④一字：指雁群在空中排成一字形。

扫码看视频

【译文】

万里长江犹如长长的白色绸缎伸向远方，淮河两岸青翠的远山连绵不断；江上的片片帆船急速地行驶，如同离弦的箭，山上的清泉从高耸陡峭的悬崖上飞奔而下，仿佛迅捷的闪电。晚云凝聚变成露气，新月宛若刚刚打开的折扇，塞外归来的大雁在天上一字排开，宛如一条细细的银线。

【赏析】

此曲是作者傍晚登浔阳城楼的即兴写景之作。全篇尺幅万里，写出浔阳江气象万千而又和谐统一的景象。

开篇伊始，起势不凡：纵目眺望万里长江，横望淮南远山。头两句写远景，故能放眼"万里"，远山看似"数点"；而又紧扣秋景，故秋江澄澈，静如白练，秋山苍翠，色如蓝靛。次两句写近景：俯视江上轻帆，仰观庐山飞泉。大江宽阔浩渺，故江帆显得如几片苇叶，唯其轻灵，故疾如飞箭；庐山巍峨高耸，故瀑泉仿佛千尺银河落地，唯因陡峭，故飞如闪电。

五、六两句写云和月的变化明灭之态，又是整个画面的背景。傍晚，天空云气飘浮，旋即又凝聚渐变成露气，笼罩在江面低空，这是暗；晚霞在天边消逝，初月从地平线冉冉升起，仿佛是一把半圆形的折扇，这是明。一个"学"字，使月亮变得富有人情，顿觉摇曳生姿。与前四句相比，这两句笔势则由急渐缓，由刚转柔，呈现出起伏跌宕的变化。结句写塞北鸿雁南来，呈一字形掠过烟波浩渺的江天，点明秋季时令，在这无声的画面上留下了"雁阵惊寒"的声响，令人遐思逸想无穷。

全曲用语自然流畅，比喻贴切，想象雄奇，是散曲中的写景杰作。

【中吕】满庭芳·看岳王传①

披文握武②，建中兴庙宇，载青史图书。功成却被权臣妒，正落奸谋。闪杀人望旌节中原士夫③，误杀人弃丘陵南渡銮舆④。钱塘路，愁风怨雨，长是洒西湖。

【注释】

①满庭芳：最常用的词牌之一，也用作曲牌，南曲中吕宫、正宫，北曲中吕宫均有同名曲牌，用途广泛。岳王：岳飞。宋宁宗时追封岳飞为鄂王，故称岳王。

②披文握武：指文武双全。

③闪杀：元人口语，苦死。旌（jīng）节：指旌旗仪仗。士夫：宋朝的官员。

④丘陵：泛指国土。銮（luán）舆（yú）：天子车驾。借指皇帝，即宋高宗赵构。

【译文】

能文能武的全才，足以使南宋中兴，名字永垂青史。其功绩遭到权臣的忌妒，他误中权臣的奸计。中原父老再也盼不来北进的王师，宋朝皇帝丢弃国土向南逃跑。钱塘路上，风雨凄凄，满含怨愁，洒落在西子湖上。

【赏析】

本曲为元人小令中歌咏岳飞的名篇。

首三句系对岳飞做总括性的评价、介绍。"披文握武"，称赞岳飞文武双全；"建中兴庙宇，载青史图书"，指岳飞有再造赵宋王朝宗庙社稷之功，足以名留青史，永垂不朽。接下来的两句，以"功成"承接前三句内容，以"却"字做反跌，仍以概括性的写法写出岳飞的悲剧性结局。"闪杀人"两句抒发感愤，指责南宋王朝误杀忠臣，招致严重后果。感情色彩极浓烈的"闪杀人""误杀人"等衬字，强调了作者胸中的悲愤之情如波浪翻涌、难以抑制。

结尾三句，以抒情作结，是由强烈悲愤化成的深沉痛惋。岳飞含冤屈死，葬于今杭州西（元时为钱塘）栖霞岭下，西湖之畔。"愁风怨雨，长是洒西湖"，是说青天都在为岳飞屈死而伤心哭泣，西湖上风雨不断，仿佛天降愁怨。以愁风怨雨吹洒西湖作结，色调朦胧而伤感，使愁怨显得更加深广绵邈。

本曲前半部分以叙事为主，而褒赞洋溢，处处可见作者爱憎分明，后半部分则熔议论与抒情于一炉，两部分既层次分明，又一气呵成。

延伸/阅读

《中原音韵》

周德清是元代散曲大家，《录鬼簿续篇》称他的散曲"天下之独步"。但他更重要的贡献是创作了"天下之正音"——《中原音韵》。《中原音韵》是第一部北曲曲韵和北曲音乐论著，在音韵学和曲学理论等方面都有卓越贡献，对后世产生了深远的影响。

《中原音韵》对北曲的语言、声韵、格律等方面都进行了深入的研究，纠正了一些错误，提出了很多独到的见解。书中的曲韵韵谱部分收集了常用作韵脚的五千多个单词，规范为十九个韵部，每个韵部又分为平声、上声、去声，成为北曲作者和演唱者审音定韵的标准。"正语作词起例"部分，对一些易混为同音的词语进行两两对比，便于区别。"作词十法"介绍了周德清的曲学理论主张，是他修辞学思想的集中体现，规范了元曲的音韵特质。《中原音韵》不仅影响了元曲创作，也为后世市井文学的发展和繁荣做出了重要贡献。

学海/拾贝

☆ 长江万里白如练，淮山数点青如淀。

☆ 钱塘路，愁风怨雨，长是洒西湖。

钟嗣成

钟嗣成（约1279—约1360），字继先，号丑斋。汴京（今河南开封）人，久居杭州。元代文学家、散曲家。屡试不中，曾任小吏。顺帝时编著《录鬼簿》二卷，有至顺元年（1330）自序，载元代杂剧、散曲作家小传和作品名目。所作杂剧今知有《章台柳》《钱神论》《蟠桃会》等七种，皆不传。所作散曲今存小令五十九首，套数一套。

【正宫】醉太平①

风流贫最好，村沙②富难交。拾灰泥补砌了旧砖窑，开一个教乞儿市学。裹一顶半新不旧乌纱帽，穿一领半长不短黄麻罩③，系一条半联不断皂环绦④，做一个穷风月训导⑤。

【注释】

①醉太平：曲牌名，又名《凌波曲》，入正宫，也入中宫、仙吕宫，南北曲格体不同。

②村沙：粗俗，愚蠢。这里指村中有钱有势的人。

③黄麻罩：用麻布缝的短褂。

扫码看视频

④皂环绦（tāo）：灰褐色的绦带。

⑤穷风月：穷风流，穷开心。训导：此指低级学官。

【译文】

贫困又风流的生活是最好的，与有钱有势的人很难打交道。拾一些灰色的泥土去修补破旧的砖窑房，开一个专门教穷人读书的私塾。头上戴一顶半新不旧的乌纱帽，穿一身用麻布缝制的半长不短的罩衣，系上一条半联不断的灰褐色的绦带，做一个穷开心的低级训导。

【赏析】

这首曲子是借描写生活中的本来面貌反映作者实际生活境况的现实主义作品，是作者自身处境的真实写照。

"风流贫最好"两句，将"风流贫"与"村沙富"对举，爱憎分明地点明了自己的价值判断，也是作者对历代文人共同命运有了透彻的认识后所做出的哲理性的概括。作者在仕途中屡屡追求而屡屡失败，终于发现只有贫穷的普通老百姓才能保持着纯朴、善良的灵魂。于是，他突破封建社会的阶级偏见，不嫌"拾灰泥补砌了旧砖窑"的简陋与寒碜，开办教育贫穷孩子的学校，十分难得。

下面三句是一组形象鲜明、对仗工整而且充满洒脱、乐观情绪的鼎足对："乌纱帽"（当时穷书生的一种普通打扮）"黄麻罩""皂环绦"相并列，极言穿着寒碜。而"半新不旧""半长不短""半联不断"不仅表现了用词的准确流畅，对仗的工巧自然，音韵的铿锵和谐，更渲染出了作者装束的寒碜与褴褛。

最后一句进一步以自嘲的口吻点明作者当这种穷学官的略带悲凉却又非常乐意的心情。"穷风月"即"穷风流、穷开心"之意，一个"穷"字透露出作者的一丝凄凉，而"风月训导"则仍显示着作者超越世俗的达观与智慧外溢的幽默。这种富庄于谐散发着散曲浓郁的蛤蜊味。

延伸/阅读

《录鬼簿》

钟嗣成的《录鬼簿》是我国历史上第一部为曲家立传的作品，记述了百余位杂剧、散曲作家与艺人的生平、作品，记载了四百余部杂剧剧目，并在每一位曲家小传的末尾附上自己的简评。有元一代文化相对匮乏，杂剧、散曲作家与艺人的社会地位又非常低，因此很多人的生平事迹无从考察，《录鬼簿》的意义显得更为重大，一些人的生平仅见此书，极为难得。

全书分上下两卷，上卷包括"前辈已死名公有乐府行于世者""方今名公""前辈已死名公才人有所编传奇行于世者"三类；下卷包括"方今已亡名公才人余相知者为之作传，以《凌波曲》吊之""已死才人不相知者""方今才人相知者，纪其姓名行实并所编""方今才人闻名而不相知者"四类。《录鬼簿》没有收录元代末期到明初的曲家，于是无名氏（一说为元末明初曲家贾仲明）又创作了《录鬼簿续篇》，收录了钟嗣成、罗贯中等七十余位作家，以及上百部杂剧剧目。《录鬼簿》及《录鬼簿续篇》皆为研究元代以及元末明初杂剧发展的重要史料。

学海/拾贝

☆ 裹一顶半新不旧乌纱帽，穿一领半长不短黄麻罩，系一条半联不断皂环绦，做一个穷风月训导。

乔 吉

乔吉（约1280—1345），一作乔吉甫。字梦符（一作孟符），号笙鹤翁，又号惺惺道人。太原（今山西太原）人，曾寓居杭州。一生落拓，浪迹江湖四十年。其杂剧、散曲在元曲作家中皆居前列。散曲有《惺惺道人乐府》等，风格清丽、质朴、通俗、典雅。著杂剧十一种，今存《两世姻缘》《金钱记》《扬州梦》三种。其散曲作品今存小令二百余首，套数十一套，数量仅次于张可久。后人常将二人并称为"元散曲两大家"。

【中吕】山坡羊·寓兴

鹏抟九万①，腰缠十万，扬州鹤背骑来惯。事间关②，景阑珊③，黄金不富英雄汉。一片世情④天地间。白，也是眼；青，也是眼。⑤

【注释】

①鹏抟（tuán）九万：化用《庄子·逍遥游》"鹏之徙于南溟也，水击三千里，抟扶摇直上者九万里"。这里比喻仕途发迹、扶摇直上。

②间关：道路艰险。

③阑珊：衰落，凋散。

④世情：指世态炎凉。这里化用杜甫《佳人》中的诗句"世情恶衰歇，

万事随转烛"。

　　⑤"白，也是眼"两句：化用阮籍能做"青白眼"的典故。

【译文】

　　总是梦想如大鹏展翼扶摇直上九万里，腰间缠钱十万贯，骑在鹤背上到扬州常去常来成习惯。可是，世事多艰难，好景霎时衰败凋残，黄金富不了英雄汉。不管天地间世态炎凉。任你是白眼看人还是青眼看人，我坚持自己的节操绝不改变。

【赏析】

　　这首小令愤世嫉俗，对世态炎凉进行了猛烈的抨击，对势利小人的种种丑恶行径做了无情的鞭挞。

　　首三句中，"鹏抟九万"是壮志凌云的象征，"腰缠十万"是豪富的象征，而"扬州鹤背骑来惯"是指骑在鹤背上优哉游哉地俯仰乾坤，是成仙的象征。三者都是古人的崇高理想。接下来三句，作者的视线落在人间，回到现实，则是事业无成，市井一片萧条，功名富贵都与英雄无缘。这种冷眼观世的态度，既源于作者窘迫的生活环境，也源于其傲岸不俗的处世哲学。

　　世情如此，还讲什么是非曲直，分什么泾渭黑白呢？曲子末尾几句，作者用嘲笑的、调侃的语调写出置世态炎凉于不顾、对人间好恶也全不计较的处世态度，貌似浑浑噩噩、是非不分，其实正是经历世态炎凉、人间好恶之后的觉醒，反映的正是对世俗的高度蔑视。

　　全曲感情深沉，活用典故，揭露了世俗的丑恶，表达了作者的嘲讽和感慨。

【中吕】满庭芳·渔父词

　　携鱼换酒，鱼鲜可口，酒热扶头①。盘中不是鲸鲵②肉，鲟鲊初熟③。太湖水光摇酒瓯④，洞庭山影落鱼舟。归来后，一竿钓钩，不挂古今愁。

【注释】

①扶头：有两解，一为酒名，是一种烈性酒；一为振奋头脑之意。

②鲸鲵（ní）：鲸鱼，雄为鲸，雌为鲵。典出《左传·宣公十二年》。

③鲟：一种产于近海或江河的大鱼，味极鲜美。鲊（zhǎ）：腌制的鱼。

④瓯（ōu）：盆盂一类的瓦器。

【译文】

拿了鱼去换酒，下酒的鱼鲜美可口，几杯热酒下肚使得精神振奋、头脑清醒。盘子里不是鲸鲵肉，是鲟鲊做的菜肴刚熟。太湖水面波光粼粼，好像摇动的酒瓯，洞庭湖边的山影落在渔舟上。回来之后，也只有一竿钓鱼钩，牵扯不上古今的烦恼忧愁。

【赏析】

本曲重点写了渔父无忧无虑、悠闲自在的生活。

前面五句写渔父自食其力，自得其乐。渔父用钓起来的鱼换了扶头酒，烈酒加上可口鲜美的鱼，既能祛除寒湿，又能赶走疲劳，多么惬意！

环境也很迷人，湖光、山色同酒瓯联系起来，使得景中有人，人在景中，更有情致，更能表现渔父的生活之美。太湖和洞庭相隔千里，这里将二地并列，显示出渔父以四海为家，自由自在，任性往来。结尾把古往今来的一切忧愁烦恼同垂钓之乐形成对比，更见出渔父的悠闲舒适。这三句在描写渔父垂钓归来情景的同时，点出了渔父不忧世事闲适超脱的性情。

【双调】水仙子·寻梅

　　冬前冬后几村庄，溪北溪南两履霜，树头树底孤山^①上。冷风来何处香？忽相逢缟袂绡裳^②。酒醒寒惊梦^③，笛凄春断肠^④，淡月昏黄^⑤。

【注释】

　　①孤山：位于杭州西湖上，北宋著名诗人林逋曾隐居于此。

　　②缟（gǎo）袂：素绢的衣袖。绡裳（cháng）：薄绸的下裳。

　　③酒醒寒惊梦：化用唐代《龙城录》中典故。赵师雄在罗浮山下遇一白衣女子，二人相约喝酒，赵师雄醉后醒来，发现自己睡在梅树之下。

　　④笛凄春断肠：化用宋代连静女《武陵春》词里"笛里声声不忍听，浑是断肠声"句。

　　⑤淡月昏黄：化用宋代林逋《山园小梅》中"暗香浮动月黄昏"的诗意。

【译文】

　　冬前冬后转遍了几个村庄，踏遍了溪南溪北，双脚沾满了白霜，爬上孤山，在梅树丛中上下寻觅，都未见到梅花的踪迹。忽然一阵寒风吹来，从何处飘来一阵幽香？蓦然回首，它竟然就在身后，淡妆素雅，悄然而立。春寒使我从醉梦中醒来，我听到凄怨的笛声，便想到春天会过去，梅花也会片片凋落，此时月色朦胧不清。

【赏析】

　　小令描写了寻梅—遇梅—赞梅的过程。

前三句为第一节，主要描写寻梅的经过。"冬前冬后"，写寻梅的时间之长；"溪北溪南""树头树底"，写寻梅之勤；"几村庄""两履霜"，说明寻梅之艰。这一节，突出了"寻"之意趣。第二节笔锋一转，忽然一阵冷风吹过，送来阵阵幽香，眼前出现了仙子一般的梅花。"冷风来何处香"写出了梅之香，"缟袂绡裳"绘出了梅之美。作者用拟人化的手法，把梅花比喻为一个浑身上下散发着清香的穿白绸衣裳的仙女，于是梅花形神俱现，给人以深刻的印象。

第三节连用了三个典故，进一步描写梅花的神韵。"酒醒寒惊梦"紧承上句"缟袂绡裳"，进一步描写梅花仙子，连接非常自然。"笛凄春断肠"意思是说，听到凄咽的笛声，就想到落梅春尽，自己心爱之物失去，故为之断肠。最后一句"淡月昏黄"，不仅点明作者找到梅花的时间，同时突出了梅花的神韵，与首节孤山寻梅前后呼应，笔法极其绵密。

这首小令用跌宕的笔法写出寻梅的意趣和梅花的风韵，用词精巧，用典妥帖。

【正宫】绿幺遍①·自述

不占龙头②选，不入名贤传③。时时酒圣，处处诗禅④。烟霞状元，江湖醉仙。笑谈便是编修院⑤。留连，批风抹月⑥四十年。

【注释】

①绿幺遍：曲牌名，又名《柳梢青》，入正宫。

②龙头：指科举考试的头名状元。

③名贤传：名人贤者的传记，为历代官修史书的重要组成部分。

④诗禅：以诗谈禅，以禅喻诗。即以禅语、禅趣入诗。

⑤编修院：翰林院，编修国史的机关。唐宋以来的中国文人多以参与国史编纂为荣。

⑥批风抹月：犹言吟风弄月。

【译文】

不稀罕状元榜上把名占，不愿把名字写进名贤传。时时饮酒，是酒中的圣贤，处处吟诗说禅。是个游山玩水的状元，也是浪迹江湖的醉酒神仙。笑谈古今相当于进了翰林院编修史籍。流连不返，吟风弄月过了四十年。

【赏析】

这是一篇述志的作品，是作者客居江南，流落江湖四十年漂泊生涯的缩影。

首二句十分明确地表示了作者对仕途进取的否定和对争名夺利的鄙夷，语气坚定，展现出一种超脱的态度。中间五句，作者不无自豪地讲述自己特殊的生活方式。"时时酒圣，处处诗禅。"说自己时时处处与酒为伴，以"诗禅"为乐，表现出以诗酒自娱的放荡不羁的情怀。"烟霞状元，江湖醉仙。"是说隐居在山水之中，同样可以当个状元；酣醉在江湖上，一样可赛过神仙。"笑谈便是编修院"一句是说，笑谈古今事，就等于进了翰林院编修史籍，更表现了作者狂放自傲的态度。

结尾两句，作者反话正说，说自己最流连难舍的还是四十年来吟风弄月的闲适生涯。作者以愤世的态度肯定了自己的生活道路，真是终老不悔，怡然自乐。

小令文笔自然流畅，雅俗并用，从不同的角度表明了作者的生活态度，抒发了作者的愤世嫉俗之情。

【双调】折桂令·登姑苏台

百花洲上新台，檐吻云平①，图画天开②。鹏俯沧溟③，蜃④横城市，鳌驾蓬莱⑤。学捧心山鬟翠色⑥，怅悬头土湿腥苔⑦。悼古兴怀，休近阑干，万丈尘埃。

【注释】

① 檐吻云平：言飞檐画栋，高与云平。

② 图画天开：言风景如画，自然展现在人们的面前。

③ 沧溟：海水弥漫的样子，常用来指大海。

④ 蜃（shèn）：指"蜃景"。"蜃景"是光线经过不同的密度层，把远处的景物折射在空中或地面所成的奇异幻景。

⑤ 鳌（áo）驾蓬莱：巨鳌背负仙山的故事。《列子·汤问》记载：海中有五神山，为岱舆、员峤、方壶、瀛洲、蓬莱。五山经常随波涛颠簸，来回漂流，天帝怕它们流向西极，"命禺疆（qiáng）使巨鳌十五举首而戴之。迭为三番，六万岁一交焉。五山始峙而不动"。

⑥ "学捧心"句：指"东施效颦"，出自《庄子·天运》。这里是把山拟人化，言山之苍翠是在学习美人的眉黛。

⑦ "怅悬头"句：出自《史记·伍子胥列传》。"（吴王）乃使使赐伍子胥属镂（lòu）之剑，曰：'子以此死。'……（伍子胥）乃告其舍人曰：'必树吾墓上以梓，令可以为器；而抉吾眼悬吴东门之上，以观越寇之入灭吴也。'"

【译文】

百花洲上是吴王夫差所筑的新姑苏台，楼阁檐上的兽头瓦当高入云端，眼前的景象广阔无垠。大鹏鼓翼，俯瞰着浩瀚无际的大海，蜃展双翅，横亘（gèn）于繁华的姑苏城上，鳌伸两臂，凌驾于蓬莱仙山之上。青山效颦，显出翠色，往事越千年，至今好像还可以闻到伍子胥的鲜血浸入黄土中所散发出来的腥味。悼念历史抒发情感时，不要靠近栏杆，怕万丈尘埃迷蒙了双眼。

【赏析】

骄奢淫逸、拒纳忠言而身死国灭的吴王夫差，为后人留下了深刻的历史教训，他所建的姑苏台也成了后人吊古、怀古的名胜。乔吉这首小令，是元散曲里同类作品中的名作。

开头三句总写姑苏台的高峻形势。"檐吻"指楼阁檐的兽头瓦当，瓦当与云持平，足见其高。接下来三句鼎足对，写登台远眺时的感受，连用三种与海有关的动物，凭借想象，让它们腾飞云霄，展现出各种姿态，来比况姑苏台上豪华建筑的雄伟气势。这里用的是博喻的表现手法。

"学捧心"两句抒发感慨。登上姑苏台必然会想起它的主人吴王夫差及其生平行事，特别是当年西施亡吴的历史故事。这两句，上句写吴王夫差淫奢享乐的一面；下句写他的另一面，即诛杀忠臣的残暴行为。一个"怅"字，表现了作者的浓重感情，他不仅为往事怅惘，也为现实感伤。正是登高因怀古，吊古而伤今。所以，末尾三句自然承接，表明曲子的主旨。为什么不要靠近栏杆？因为怕万丈尘埃迷蒙了双眼。这句的真正内涵是什么呢？结合元朝末年的黑暗统治来看，是说吴王夫差亡国的故事就要重演了！这是曲子的弦外之音。

这首小令所描写的新姑苏台的宏伟建筑以及登台远眺时的感受，全是出于想象，气势宏大，有沉郁顿挫之妙。

延伸/阅读

文人笔下的西施

春秋末期吴越争霸的故事，在历史上非常著名，西施、伍子胥、勾践、范蠡(lǐ)、夫差等人物和他们的故事家喻户晓。其中，越国将西施献给夫差，使得夫差因美色而误国，最终被越国灭亡的故事，因其曲折的情节和传奇色彩而令后人津津乐道。西施与王昭君、杨贵妃、貂蝉被称为"中国古代四大美女"，西施更是列为其首，后人对她的吟咏始终不绝。

到了元代，杂剧和散曲作家对西施的兴趣有增无减，关汉卿著有杂剧《请退军勾践进西施》，马致远的《水仙子》中有"可喜杀睡足的西施"等佳句。而乔吉的《折桂令·登姑苏台》，则通过西施和夫差的诸多典故来抒发深沉的感慨，是怀古曲中的佳作。

学海 / 拾贝

☆ 归来后，一竿钓钩，不挂古今愁。

☆ 酒醒寒惊梦，笛凄春断肠，淡月昏黄。

☆ 留连，批风抹月四十年。

☆ 悼古兴怀，休近阑干，万丈尘埃。

周文质

名师导读

　　周文质（？—1334），字仲彬。建德（今属浙江）人，后居杭州。元代散曲作家。与钟嗣成交游二十余年，过从甚密。《录鬼簿》中记载："善丹青，能歌舞，明曲调，谐音律。"散曲存小令四十三首，套数五套。

【正宫】叨叨令① · 自叹

　　筑墙的曾入高宗梦②，钓鱼的也应飞熊梦③；受贫的是个凄凉梦，做官的是个荣华梦。笑煞人也末哥④，笑煞人也末哥，梦中又说人间梦。

【注释】

　　①叨叨令：曲牌名，入正宫，用于剧曲和小令。

　　②"筑墙"句：殷高宗武丁做梦梦到圣人，访之于野外，遇到了筑墙的傅说（yuè），任命他为宰相，殷商得以中兴。

　　③"钓鱼"句：周文王出去打猎之前，占卜曰："非虎非罴（pí），所获霸王之辅。"后来果然遇到了在渭水垂钓的吕尚，任命他为宰辅大臣。吕尚号飞熊。在传说中，卜"非熊"演化为梦"飞熊"。"应飞熊梦"意思是当大官。

　　④也末哥：语气助词，无义。元人口语。

【译文】

从事版筑的傅说曾经出现在殷高宗的梦中，在渭水钓鱼的姜子牙也曾出现在周文王的卜卦里；贫困的人做的是凄凉的梦，当官的人做的是荣华的梦。这真是好笑啊，真是好笑啊，梦中的人也在说人间的梦。

【赏析】

自叹，本意是对自己遭遇的感叹，而此曲兼有叹世的意味。描写人生悲欢如梦，倡导人们要把握现实，认真对待生活，不要枉度人生。

开篇二句，作者选用傅说和吕尚的典故，意在突出商王武丁、周文王不计贵贱搜访贤才的良苦用心，并将傅说、吕尚为相后勤于吏治、治国强国的事件作为潜台词，从而为下文的对比做了有力的铺垫。三、四两句反转一笔，从历史回到现实，"受贫的"与"做官的"，"凄凉梦"与"荣华梦"，两相比照，首先就反映了贫富不均的社会现实，其中不无作者怀才不遇的愤懑之情。

作者知道愤懑无济于事，于是将愤懑深隐于对世事的洞彻之中，深隐于对社会颇近玩世不恭的嘲讽之中。在他看来，不管是"凄凉梦"还是"荣华梦"，都是人间一梦，甚至连自己正在说梦的举动，也无异于在"梦中"，以此作结，说明一切都是梦。既然如此，怎能不令人"笑煞"呢？这是超然的笑，嘲讽的笑，也是哀叹的笑。

全曲用典贴切，虚实结合，曲文自然流畅，收到极佳的艺术效果。

延伸/阅读

傅说与姜子牙

在元代，汉族知识分子往往无法靠传统的入仕途径进入仕途，一些通过特殊途径平步青云的古人成为他们艳美的对象，其中最典型的就是靠君主的梦一步登天的傅说和姜子牙。

　　傅说原本只是一个负责筑墙的奴隶。传说有一天，商王武丁突然说自己梦到了一个贤人，能够帮助自己治理好天下，他还仔细描述了梦中贤人的容貌，大臣们根据他的描述找到了傅说。武丁宣称这是上天的旨意，任命傅说为相，果然实现了商朝的中兴。

　　姜子牙本是贫穷的平民，曾经当过屠夫和小生意人，到了七十岁还一事无成。传说有一天，周文王突然做了一个梦，梦中看到了一只飞熊，第二天他就在渭水之滨遇到了号飞熊的姜子牙，并任命他为太师，其子周武王在姜子牙的辅佐下推翻了商朝，建立了周朝。

学海 / 拾贝

☆ 筑墙的曾入高宗梦，钓鱼的也应飞熊梦；受贫的是个凄凉梦，做官的是个荣华梦。

贯云石

　　贯云石（1286—1324），维吾尔族。原名小云石海涯，字浮岑，号成斋、酸斋，自号芦花道人。元功臣阿里海涯之孙，父名贯只歌，遂以贯为姓。酷爱汉族文化，在诗文、散曲方面有很高的造诣。曾任两淮万户府达鲁花赤、翰林院侍读学士等职。后辞官过隐居生活。散曲与徐再思（自号甜斋）齐名，世称"酸甜乐府"。后人合辑所作《酸甜乐府》。现存小令八十六首，套数九套。

【正宫】塞鸿秋·代人作

　　战西风几点宾鸿至①，感起我南朝千古伤心事。展花笺②欲写几句知心事，空教我停霜毫③半晌无才思。往常得兴时，一扫无瑕疵。今日个病厌厌④刚写下两个相思字。

【注释】

　　①战：同"颤"，颤抖。宾鸿：鸿雁，大雁。

　　②花笺：精致华美的纸，多供题咏书札之用。

　　③霜毫：白兔毛做的色白如霜的毛笔。

④厌厌：有病而软弱无力、精神不振的样子。

【译文】

迎着西风疏疏落落飞来几只大雁，使我回想起南朝兴亡的千古伤心事。铺开华美的信纸，要写几句知心的话，白白地停住笔，半天也没有才思。往日兴致高涨时，一挥而就毫无瑕疵。今天却精神萎靡不振，只写下"相思"两个字。

【赏析】

这是一首伤物怀古的抒情小曲。

起句用凄厉西风、南飞的北雁先勾画出一幅萧瑟清凉的秋景图，为下文抒写做了情感铺垫。西风里，几只北雁飞回江南越冬。这番衰秋野况，叫人见了难免寒战。作者见景生情，不由得"感起我南朝千古伤心事"。这是有感于国家兴亡大业，于是想要挥笔洒墨"写几句知心事"。以下各句，都写针对"千古伤心事""欲写几句知心事"的情景。"欲写"并不等于能写成，铺展精致华美的纸笺，紧握洁白如霜的毛笔，却是"半晌无才思"，什么也写不出来。

果然是少文才、无点墨吗？五、六两句对"往常"进行了补叙。"一扫"句生动地描绘了往常行文作曲文思敏捷的程度，与"停霜毫半晌无才思"形成鲜明强烈的对比，暗示眼下"无才思"的真实原因。想来这原因除前文所言作者似有难言之苦之外，还出于极度悲伤时无法诉说的人之常情。作品扣住这一点，巧妙地做到以藏写露、以反写正。

末句如"豹尾"甩出一样响亮、有力。总算是勉强写了，但只有两个字：相思。从欲写到不能写，再从写了到又不能多写。起伏跌宕，盘弯曲折，作品完成了曲尽衷肠的使命，并给读者留下无穷的回味。

【中吕】红绣鞋

挨着靠着云窗①同坐，偎着抱着月枕②双歌，听着数着愁着怕着早四更过③。四更过情未足，情未足夜如梭。天哪，更闰一更儿④妨甚么！

【注释】

①云窗：镂刻有云形花纹的窗户。

②月枕：形如月牙的枕头。

③四更过：意为即将天明。

④闰一更儿：延长一更。

扫码看视频

【译文】

紧紧挨着靠在云窗下同坐，依偎着抱着月牙形枕头一起唱歌，细心听着，一一数着，愁着，怕着，四更已敲过。四更过了，欢情还没有过，欢情还没有过，夜晚却快如梭。苍天啊，再闰上一更该多好！

【赏析】

这首曲子俚俗生动，别有情趣。从全曲的词句看是代一位青年妇女立言。

一开头连用八个"着"字是很大胆而别致的。"挨""靠""偎""抱"是四种动作，自然具有动态，其间穿插"同坐""双歌"，活画出男女主人公的外部形态。这些动作是并列的，也可以说是在同一时间内连续发生的。男女主人公亲密的外在动作，暗示着热烈的内心之情。因此，他们"愁着""怕着"，担心欢会的早早结束。"早四更过"便是这样在欢娱的情绪中激起的波澜，引出了下文更深沉的感触。

接下来四句进行重叠与连接，产生了强烈的效果。"四更过"再强化一下时间，已接近天明，剩下的欢会时间不多了；而"情未足"三字又紧扣当事者的心情。"情未足夜如梭"是曲中首次高扬后的暂抑，用白描的手法说明时光如梭，一去不返。情愈切愈觉光阴疾，其中隐含无可奈何的心理。

结尾两句直呼苍天。是求助的呼喊，是自我胸臆的抒发。有一种特殊的力量。只有闰月而无闰时，"更闰一更儿"是一种大胆的创造。在一声反问中把全曲推向高潮，结束得很精警。作者的想象力和幽默感令人佩服。

此曲明白如话又工丽清润，明显受了民间曲子词的影响。曲文虽短，曲外之意不少。

【双调】清江引①

竞功名有如车下坡，惊险谁参破②？昨日玉堂③臣，今日遭残祸。争④如我避风波走在安乐窝！

【注释】

①清江引：曲牌名，又名《江儿水》，属双调。

②参破：彻底了解。佛教语。

③玉堂：指宫殿、朝廷。

④争：怎。元人口语。

【译文】

竞争功名就好像马车直下陡坡，其中的惊险有谁能看破？昨天还是高官显宦，今天却遭遇横祸。怎如我避开官场是非，纵情山水，过这种逍遥自在的隐居生活！

【赏析】

此曲是作者隐居杭州时期所作，揭露了官场险恶、祸福无常的残酷现实，表现了作者避害全身而又愤世嫉俗的思想感情。

首句用一个通俗生动的比喻，起势突兀。把奔竞功名比作马车直下陡坡一样惊险。"下坡车"，本是通行已久的俗语，被作者用来表现发人深省的对人生的思索。次句接以设问，引人惊悚。古往今来，除范蠡、张良等识时务者功成身退之外，更多的人却未参破个中风险，得到兔死狗烹的悲惨结局。作者这一设问，启发人们对历史教训的沉痛反思，告诫人们在沉迷中猛醒。

三、四句是对"惊险"内涵的具体阐发。曲中用昨日与今天的处境变化，来说明世事多变，难以预料。元朝因皇位之争而致大臣"遭残祸"的事例不胜枚举。而作者隐居西湖，在湖光山色、林泉佳趣中悠哉乐哉，难怪他要庆幸"争如我避风波走在安乐窝"了！

此曲有感而发，字字本色，明白如话。但又豪放而不粗疏，通俗而能深藏哲理，消沉中蕴含愤怒。

【双调】殿前欢①

隔帘听，几番风送卖花声。夜来微雨天阶②净。小院闲庭，轻寒翠袖生。穿芳径，十二阑干③凭。杏花疏影，杨柳新晴。

【注释】

①殿前欢：曲牌名，入双调，末两句一般对仗或者回文，为该曲牌特有的标志。

②天阶：原指官殿的台阶。此处泛指台阶。

③十二阑干：十二是虚指。此处用以形容楼上栏杆曲折。

【译文】

隔着帘栊（lóng），一次又一次听到风儿送来卖花女那如歌的卖花声。走出闺房，才发现夜来一场小雨把台阶冲洗得干干净净。在安闲幽静的庭院里，翠袖中稍感微寒。穿过花间小径，倚遍曲折的栏杆欣赏春景。只见盛开的杏花舞动着稀疏的枝条，和细雨中沐浴的柳枝交相辉映。

【赏析】

这支散曲只短短九句，成功地描绘了暮春时节清晨的一个小小院落中的景象。

前两句首先写卖花声被风送入帘栊，似乎春风有意识地向主人报告：姹（chà）紫嫣红的暮春已经来到了。"几番"用语极妙，说明在街头巷尾卖花的人不是偶然来的。这时女主人公大约刚刚起床，还没有到室外。接着写女主人公从起居室出来，方才发现夜间下过小雨，把台阶冲洗得干干净净。作者用"微"字形容雨，点出春天的和风细雨，带来舒适轻松之感。女主人公来到安闲幽静的小院中，感觉到翠袖中有些"轻寒"，这"轻"字又用得非常准确恰当，带给人的同样也是春天的舒适和轻松。

女主人公沿着两旁遍布香花芳草的小路穿行，走上楼梯，倚靠着楼台上曲折的栏杆，纵目远望。映入眼帘的是杏花和杨柳交相辉映，多么美丽的画面！作者形容杏花和杨柳，只各用了两个字，却包含了不少的内容。"疏影""新晴"与"夜来微雨"相呼应，使我们似乎看到了雨后的早晨：洁净、清新。杏花、杨柳并写，花红柳绿，令人好像置身于万紫千红之中。末二句写得尤其传神，为全曲谱出富有诗情画意的结尾。

作者写春景，字字句句都扣着"春"字，而全曲没用一个"春"字，却给人以春意盎然的感觉。全曲自然清新，极有思致。

【双调】殿前欢

楚怀王①，忠臣跳入汨罗江②。《离骚》读罢空惆怅，日月同光③。伤心来笑一场，笑你个三闾④强，为甚不身心放。沧浪污你，你污沧浪。⑤

【注释】

①楚怀王：战国时楚国的国君。

②"忠臣"句：指屈原因楚王听信谗言，被放逐湘江，最后自沉汨罗江而死。汨罗江，湘江支流，在湖南省东北部。

③日月同光：《史记·屈原贾生列传》称赞《离骚》"虽与日月争光可也"。

④三闾：指屈原，他曾任楚国三闾大夫。

⑤"沧浪污你"二句：出自《孟子·离娄上》"沧浪之水清兮，可以濯（zhuó）我缨；沧浪之水浊兮，可以濯我足"。沧浪，汉水的下游，这里借指汨罗江。

【译文】

楚怀王不辨忠奸，把忠心耿耿的屈原逼得投了汨罗江。读罢《离骚》我空自惆怅，屈子的精神品格可与日月争光。伤心时只有苦笑一场，笑你这个三闾大夫心性太强，为什么不旷达超脱，心胸开放。与其说是江水玷污了你，不如说是你玷污了汨罗江。

【赏析】

这支小令豪辣、俳谐，时出反语，间或流露出辛酸和愤懑。

首二句点出楚怀王昏庸不察，逼得忠心耿耿的屈原远离朝廷，并在楚顷襄王之时自沉汨罗江。出笔便劈题，凭空起势，写出了屈子一跃冲向波涛的悲壮气势。"《离骚》读罢"一句，方揭出作者是在做历史的沉思，那久远的、深邃的思索，尽在"空惆怅"三字之中。"伤心来笑一场"，乃充满苦涩之反语，先贤的命运为什么如此凄惨？"笑"与"伤心"搭配，似有些荒诞，实质上这是一种极为复杂的情绪，是一种愤极的苦笑。贯云石仕途多舛，后借病弃官归隐，虽为贵族功臣之后，却向往"一笑白云外"的隐逸生活。旷达超然的背后，潜藏着对社会黑暗现实的牢骚和感慨。

"笑你个三闾强"以下，是解释前文"笑一场"的缘由，倔强的屈原，你为什么不放达超脱一点儿呢？这里分明是以反言正，其实作者对屈原也是钦佩之至的。结尾二句以沧浪水清衬托屈原之高洁，同样正语反说，仍是说屈原不够旷达。这恰恰透露出所谓旷达和超脱原是出于无可奈何，痛苦和矛盾，复杂和微妙，是正可玩味之处。

小令最突出的特点是苦语乐道，正语反说，糊涂中反更清楚，诙谐中藏着苦涩，其韵味颇耐反复咀嚼。贯云石之曲，清新可达极致，恣肆不受羁绊。真可谓"一时捷才"。

延伸/阅读

爱国诗人屈原

屈原生活在战国末期，是楚国的贵族，曾任左徒、三闾大夫等职，主管内政及外交等事，颇受信任。他生性正直，对楚国的未来忧心忡（chōng）忡，因直言进谏得罪了楚王和朝廷中的小人，屡遭排挤，被流放到了汉北（今河南南阳一带）。在那里，他创作了《离骚》这一"与日月争光"的抒情长诗。数年后，他回到朝廷，却再次忤（wǔ）逆楚王，被流放到了长沙。十余年的时间里，他徘徊在长江之畔，创作了大量优秀的文学作品，如《天问》《九歌》（部分篇章）《九章》（部分篇章）等。

约公元前278年，秦国大将白起攻破了楚国的都城郢（yǐng）（今湖北荆州北），楚顷襄王仓皇逃走。屈原在苦闷和绝望的心情中，自投汨罗江而死。

学海/拾贝

☆ 战西风几点宾鸿至，感起我南朝千古伤心事。

☆ 天哪，更闰一更儿妨甚么！

☆ 昨日玉堂臣，今日遭残祸。争如我避风波走在安乐窝！

☆ 杏花疏影，杨柳新晴。

☆ 沧浪污你，你污沧浪。

阿里西瑛

名师导读

阿里西瑛（生卒年不详），字西瑛，回族。元代散曲作家。曾居吴城（今江苏苏州）。其父为阿里耀卿学士。自称其居室为"懒云窝"，并写小令自赞。与贯云石、乔吉等人皆有和曲。今存小令四首。《太和正音谱》列其为"词林之英杰"。

【双调】殿前欢·懒云窝

懒云窝，醒时诗酒醉时歌。瑶琴不理抛书卧①，无梦南柯②。得清闲尽快活。日月似撺梭过，富贵比花开落。青春去也，不乐如何。

【注释】

①瑶琴：镶嵌有美玉的琴。后泛指精美的乐器。理：弹弄。
②南柯：指南柯梦。出自唐李公佐《南柯太守传》。

【译文】

懒云窝，清醒的时候喝酒、吟诗、赋词，酒醉时慷慨高歌。不理瑶琴，抛下书本高卧，悠闲酣睡，连梦都不做。得清闲时就快快活活。日月好像穿梭般过去，富贵像花开花落。青春一去不再回，为何不及时享乐。

【赏析】

阿里西瑛所居懒云窝，在吴城（今江苏苏州）东北角。这首小令是作者描述自己在懒云窝中生活的作品。

"懒云窝"，起首三字便非常值得玩味，云为舒卷自如，逍遥自在之物。前加一"懒"字，更显示出作者放纵不羁的个性。在这里，作者醒时吟诗饮酒，醉时唱歌，醒与醉的循环，诗与酒的流连，构成了主人公的整个生活。他连瑶琴也不弹，书也不看，全抛在一边，只管靠卧在枕席上。"无梦南柯"一句，是说用不着做什么富贵之梦，这是写其精神的自由，绝不为世俗所累。

作者的生活态度是"得清闲尽快活"，不求富贵则清，不争富贵则闲。唯有清闲，才能快活；得了清闲，便尽管快活。这是作者的生活态度的正面叙述。光阴似箭，人生如梦，富贵荣华不过如花开一时，转瞬便已凋落。"青春去也，不乐如何。"结尾两句，歌唱快活的人生，才是珍惜美好的时光。

这首曲子用白描的手法写出了生活中的种种细节，看似及时行乐的生活态度表达，实际流露出了当时文人的落寞，折射出的是社会对人性的扭曲和压抑。

延伸/阅读

南柯一梦

中国古代著名典故，出自唐代李公佐的传奇小说《南柯太守传》。这个故事讲的是，有个叫淳于棼（fén）的人，一次和友人在门前的槐树下饮酒，醉后在走廊下小睡，突然有两个使者赶着马车来请他。马车驰入槐树下的一个大洞，行了数十里后，来到大槐安国，那里的国君将公主许配给他，并委任他为南柯太守。二十年里，他将南柯郡治理得井井有条，与公主也非常恩爱。这时，檀萝国突然入侵，他率兵抵挡却屡战屡败，公主也不幸病逝。他只得辞去太守之职，请求国君允许他回乡探亲。两名使者又把他送回家中，他看到自己仍然睡在廊下，惊醒过来。这时才知道，所谓的大槐安国是槐树下的一个大蚂蚁洞，有孔洞通往槐树的南枝。从此，他知道了功名富贵的虚幻，摒弃了很多过分的欲望。

学海/拾贝

☆ 得清闲尽快活。日月似撺梭过，富贵比花开落。

阿鲁威

名师导读

　　阿鲁威（生卒年不详），蒙古族。字叔重（一作叔仲），号东泉，人或称之为"鲁东泉"。官至参知政事。能诗善曲，朱权《太和正音谱》评论其词曲风格"如鹤唳（lì）青霄"，成就较高。今存小令十九首。

【双调】蟾宫曲

　　问人间谁是英雄？有酾酒临江，横槊曹公①。紫盖黄旗②，多应借得，赤壁东风③。更惊起南阳卧龙④，便成名八阵图⑤中。鼎足三分，一分西蜀，一分江东。

【注释】

　　①"有酾（shī）酒"二句：苏轼《前赤壁赋》中说曹操破荆州、下江陵时，"酾酒临江，横槊（shuò）赋诗"。酾酒，斟酒。

　　②紫盖黄旗：古人认为天空出现黄旗紫盖的云气，是出现帝王的兆头。这里指东吴孙权建立了帝业。

　　③赤壁东风：指东吴周瑜在赤壁大败曹操。赤壁大战时，周瑜采部将黄盖计，用火攻，恰巧东南风大起，向西北延烧，曹兵大败。

④南阳卧龙：指诸葛亮。徐庶向刘备推荐诸葛亮时，称诸葛亮为"卧龙"。诸葛亮出山前，曾隐居南阳。诸葛亮《出师表》："臣本布衣，躬耕南阳。"

⑤八阵图：诸葛亮所作的阵形。杜甫《八阵图》诗概括诸葛亮一生功业为"功盖三分国，名成八阵图"。

【译文】

问这茫茫人间到底谁是英雄？遥想风起云涌的三国时期，有临江斟酒、横着长矛赋诗的曹操。有赤壁之战中巧借东风获胜的周瑜和孙权。更有隐居南阳而使世人惊奇、名成八阵图的卧龙诸葛亮。于是天下如鼎足三分，一分归西蜀，一分归江东孙吴。

【赏析】

这是一首咏史怀古之作。

"问人间谁是英雄？"这个问题提得十分突兀，大有昂首天外，放眼千秋的气概；又提得十分概括，茫茫古今叫人从何答起？作者笔锋轻轻一转，把读者的目光引入了风云变幻、英雄辈出的三国时代。

第一位英雄：曹操。作者仅以寥寥二句，便将曹操这位不可一世的英雄形象勾勒出来。第二位英雄：孙权。作者认为，孙权、周瑜赤壁一战，借助东风，火烧曹军的战船，遏止曹操的攻势，得以成就大业。第三位英雄：诸葛亮。诸葛亮的历史功绩，在杜甫《八阵图》中被概括为"功盖三分国，名成八阵图"，作者化用其意。

末尾三句既是紧承对诸葛亮的描写，又对魏吴蜀三方做了一个总结，而全篇也戛然而止。

纵观全篇，作者以大开大合之笔，再现了三国人物的历史风采，歌颂了他们的英雄业绩，含蓄地表达了自己追慕先贤、大展经纶的志愿。

延伸/阅读

赤壁之战

东汉末年，军阀割据，称雄北方的曹操想要消灭南方的孙权和刘备，于是率领二十万人南下，占据了荆州。一路南逃的刘备派诸葛亮联络东吴，准备共同抗拒曹操。曹操的战船停靠在长江北岸乌林（今湖北洪湖）一带，孙刘联军的战船逆流而上，来到赤壁。

曹操的士兵都是北方人，因此用铁链将船连在一起，防止士兵晕船。东吴将领黄盖向孙刘联军统帅周瑜献计，可以用火攻来击败曹军。于是，周瑜让黄盖向曹操诈降，曹操欣然同意。到了约定的日子，黄盖让人准备几十艘小船，船上装满浇了油的柴草。小船靠近曹军的连环船后，黄盖命人点燃船上的柴草，火船顺风冲向曹军，连环船瞬间燃起了冲天大火，曹军损失殆尽。曹操勉强带着残兵败将回到北方，再也没有能力消灭南方的割据政权，三国鼎立的局面已经隐隐形成。

学海/拾贝

☆ 鼎足三分，一分西蜀，一分江东。

薛昂夫

名师导读

　　薛昂夫（1267—1354），本名薛超兀儿，一作超吾。回鹘（今维吾尔族）人。汉姓马，字昂夫，号九泉，故亦称马昂夫。先世内迁，居于怀庆路（今河南沁阳）。父及祖俱封覃国公，他官至衢（qú）州路总管。晚年隐居杭州皋亭山一带。善书法，尤工篆（zhuàn）书。其散曲风格以疏宕豪放为主，现存小令六十五首、套数三套。

【中吕】朝天曲

　　卞和，抱璞，只合荆山坐。三朝不遇待如何？两足先遭祸。①传国争符②，伤身行货③，谁教献与他！切磋，琢磨，④何似偷敲破。

【注释】

　　①"卞（biàn）和"五句：春秋时楚人卞和在楚山（即荆山，在今湖北）发现了一块玉石（即璞），拿去献给楚厉王。厉王以为是石头，砍掉了他的左足。武王即位，他又去献璞，结果又被砍掉右足。到文王时，他抱着这块玉石在荆山下痛哭，文王知道了，叫人剖开石头，果然得到宝玉，命名为和氏璧。

②传国争符：战国末期，和氏璧为秦始皇所得，刻为玉印，号传国玉玺，为国家权力的象征。后世许多野心家为此争战不休。

③行（háng）货：贿赂。

④"切磋"二句：古代加工兽骨、象牙、玉、石时分别称为切、磋、琢、磨，后引申为道德学问方面相互研讨勉励。

【译文】

卞和本该只抱着他的璞玉坐在荆山上。幸亏有两只脚，前两次抵了罪。若第三次还被认为是说谎该怎么办呢？卞和毁坏自己的身体去行贿，结果造成后世争战不休，谁让他屡次三番去献宝呢！与其让文王去加工宝玉，还不如偷偷将它敲破毁掉。

【赏析】

这首小令评论的是卞和献玉的故事，一向被看作怀才不遇的悲剧。本首小令却反映作者全然不同的看法。

首三句中，作者认为卞和获宝，只该坐在荆山上，他受罪是自找的，谁叫他一而再地献璞。随后戏谑道，幸亏他有两只脚，两次不遇抵了罪，这第三次要是再不被理解怎么办呢？言外之意，恐怕有杀身之祸了。接下来三句是倒装，意思是说，你毁坏自己的身体去行贿，结果造成后世争战不休。对卞和的献璞，作者再次进行了责难、否定。

末尾三句说，与其让文王去切呀，去磨呀，还不如偷偷将它敲破。这里的意思可能有两层：其一，为什么献给楚王去鉴别是不是玉，自己可以敲破看看；其二，与其献给国王让他们争来抢去，不如砸碎它，天下或许要少一些麻烦。

在这支曲子里，卞和成了被揶揄、指责的对象。小令用冷嘲热讽的话语来否定元代知识分子积极入世的思想，同时对君王的是非不分、荒置人才表示极大愤慨。

【中吕】山坡羊

大江东去，长安①西去，为功名走遍天涯路。厌舟车②，喜琴书③，早星星鬓影瓜田暮④。心待足时名便足。高，高处苦；低，低处苦。

【注释】

①长安：泛指京城，即大都。

②厌舟车：厌倦奔波求官的羁旅生活。

③喜琴书：喜欢抚琴读书的生活。晋代陶渊明《归去来兮辞》中有"乐琴书以消忧"的诗句。

④星星鬓影：形容鬓发花白。瓜田暮：指归隐已迟。汉初邵平（本为秦东陵侯）自秦亡后在长安城东门种瓜，味甜美，世称"青门瓜"或"东陵瓜"。这里借"瓜田"指隐居生活。

【译文】

江水滔滔东入海，车轮滚滚西去长安，为了求取功名走遍了天南海北。厌倦了奔波劳碌的羁旅生活，喜欢悠闲自在地抚琴读书，早已是两鬓斑白，想如种瓜的邵平一样归隐也晚了。心里知足了，功名也就满足了。身居高位，有高的苦处；身居低位，有低的苦处。

【赏析】

薛昂夫一生辗转于各地，为官二十多年。这首《山坡羊》当是他晚年退休之前所作。

曲子开篇写出作者一生在宦海官场中的奔波劳累。一个"东去",一个"西去",表明作者的足迹从中原燕京遍及大江南北。"为功名走遍天涯路",既写出了宦游生活的劳苦,又隐含着功名难就之怨。接下来三句,"舟车"指南来北往的水陆旅途,"琴书"指书斋生活。作者虽然"厌舟车""喜琴书",但无奈厌倦的不能避退,喜爱的难以求得,直到年华老去、两鬓斑白也不能引退。

随后作者开始自责:为了追求"名",搞得一生扰扰攘攘,说到底还是贪心。曲子末尾,作者发出感慨:"高,高处苦;低,低处苦。"这里的"高""低"是指官位的高低。古往今来有多少仁人志士一生怀才不遇,难以施展抱负,这是"低处苦";也有不少人身居高位而深困于官场斗争中难以解脱,这是"高处苦"。无论地位高低、官职大小,这些士人的心境都是相似的,即受制于名缰利锁而难以摆脱的苦恼。

全曲语言平实,直抒胸臆,毫不矫揉造作,浸润了作者极深的生活体验。

【正宫】塞鸿秋

功名万里①忙如燕,斯文②一脉微如线。光阴寸隙③流如电,风霜两鬓白如练。尽道便休官,林下何曾见,④至今寂寞彭泽县⑤。

【注释】

扫码看视频

①功名万里:指东汉班超投笔从戎、立功封侯之事。

②斯文:指儒者追求的文化品格、道德修养等。《论语·子罕》:"天之将丧斯文也,后死者不得与于斯文也。"

③光阴寸隙:形容时光过得飞快。《庄子·知北游》:"人生天地之间,若白驹之过隙,忽然而已。"

④"尽道"二句:化用唐代灵澈《东林寺酬韦丹刺史》。"相逢尽道休官好,林下何曾见一人?"林下,指山林隐逸的地方。

⑤寂寞彭泽县：言隐居的人很少。晋陶渊明曾为彭泽县令，后归隐。

【译文】

为了追逐功名，万里奔波，忙碌如燕子，而一脉相承的斯文却消失殆尽。时间像白驹过隙，又如电光石火，转眼间两鬓已斑白如练。那些人嘴上说不想当官，而林泉之下谁见他们真的辞官归隐，至今唯有陶渊明寂寞隐居东篱边。

【赏析】

薛昂夫现存小令《正宫·塞鸿秋》共三首，这是第一首。小令讽刺了那些贪图功名利禄之辈。

曲子开头两句，从正面描写为官者追名逐利，如燕子啄食、营巢，忙碌不堪；而对传统的品格、修养却看得很轻，使斯文荡然殆尽。作者以"忙如燕"和"微如线"构成对比，既鲜明地刻画出了追名逐利者的碌碌丑态，又寄寓了对斯文扫地、人心不古的无穷感慨。下两句进一步说明官场竞逐之人乐此不疲，至老不衰。时间像白驹过隙，又如电光石火，转瞬即逝；一生忙到两鬓如霜，还是没有混出个名堂来。这些人嘴上常说，再也不想当官了。于是作者发问，你们也只是嘴上说说而已，林泉之下，谁见过你们真的辞官归隐？直截了当、入木三分地揭露了他们虚伪可耻的本质。

最后一句"至今寂寞彭泽县"是全曲的点睛之笔，一语揭示出曲子的命意。作者提出陶渊明辞官归隐的史实，把终生汲汲于功名利禄却又装模作样要退隐的假隐士与真正的清高之士陶渊明对比，使清者更清，浊者更浊。"寂寞"二字，用得极妙，与开篇"忙如燕"遥相呼应，两者对比，活画出官场闹攘攘如蝇争血的真面目，巧妙地传达出作者的褒贬态度。

这支小令可谓讥讽有力，揭露彻底，通过层层的对比，鲜明地勾勒出争名逐利的文人可怜、可恶、可悲的面目。

【双调】楚天遥过清江引①

花开人正欢，花落春如醉。春醉有时醒，人老欢难会。一江春水流②，万点杨花坠。谁道是杨花，点点离人泪。③回首有情风万里，渺渺天无际。④愁共海潮来，潮去愁难退。更那堪晚来风又急⑤。

【注释】

①楚天遥过清江引：由《楚天遥》与《清江引》两个曲牌组成的带过曲。

②一江春水流：化用李煜的《虞美人》词"恰似一江春水向东流"之句。

③"谁道"二句：化用自苏轼的《水龙吟》"细看来不是杨花，点点是离人泪"。

④"回首"二句：化用自苏轼的《八声甘州·寄参寥子》"有情风、万里卷潮来，无情送潮归"。

⑤更那堪：又怎受得。晚来风又急：化用自李清照的《声声慢》"三杯两盏淡酒，怎敌他、晚来风急"。

【译文】

花开放之时，如人正处于欢乐中，花凋落之时，仿佛春天也醉了。春醉了会随时节醒来，而人一旦老去便再难与欢乐重逢。一江春水缓缓流淌，无数杨花点点坠落。谁说那是杨花，分明是离人的点点伤心泪。回头看有情的风吹来万里海潮，渺茫遮蔽天际。心中的愁绪和潮水一同涨起，潮水退去后愁绪却难消散。又怎经得住夜晚的急风来袭。

【赏析】

本曲是薛昂夫《双调·楚天遥过清江引》带过曲三首中的第一首，前半部分咏杨花，后半部分咏海潮，前后结合，咏叹人生的无尽愁怀。

《楚天遥》在咏杨花中写伤春之情。开头四句描写大自然的春景，又包含着人生的哲理，在花开花落中融入了人生易老的伤情，一起笔就为全曲定下伤感的基调。四句之中，"有时醒"和"花开"相呼应，"人老"和"花落"相对照，层次分明，错落有致。接着，作者化用李煜词，写出了如滔滔春水般的愁思，进而又化用东坡词，将愁思形象具体化，说暮春的万点杨花飘落，都是离人的点点眼泪。

《清江引》又换了一个角度——咏海潮，基本上都是从苏轼词中化来，但在意境上有所开拓。壮阔的海潮卷来了离人之愁，可是海潮退了，愁却没有和海潮一起退去，在潮起潮退里抒发了愁情难却的感慨。结尾句"更那堪晚来风又急"，化用李清照词，写在愁绪难以排遣之时又碰上"晚来风又急"的恶劣天气，旧愁未消又添新愁，这使主人公怎么能忍受得了呢？

这支曲中化用前人的词句，自然妥帖，有如己出。整首曲子浑然一体，意象一脉贯通，修辞手法的运用上自然无痕。

延伸/阅读

苏 轼

苏轼（1037—1101），眉州眉山（今四川眉山）人。字子瞻，号东坡居士，故而世称苏东坡，他的崇拜者则称他为坡仙。苏轼是北宋著名文学家、书法家、画家、美食家。苏轼考中进士后，担任过几任地方官，不幸卷入新旧党争，被贬到黄州（今湖北黄冈）当了一个小小的团练副使。在那里，他的生活很艰苦，精神层面却产生了飞跃，其文学创作进入全盛期。创作了著名的前后《赤壁赋》以及《念奴娇·赤壁怀古》等不朽之作。等到终于从流放地回到京城，苏轼短暂地担任过朝廷高官，但很快又卷入党争，再次走上了贬谪之路，最远被贬到了海南岛上的儋（dān）州，并在遇赦（shè）回京的路上病逝。

虽然苏轼的一生颠沛流离，但他的艺术成就在生活的磨砺中攀上了一个又一个高峰。他在诗歌方面勇于革新，"以文为诗"，开创了诗歌的新领域，佳作极多；他在宋词的发展史上占据重要地位，开创了词中"豪放派"的先河；在散文方面，他与父亲苏洵、弟弟苏辙都是著名的文学家，父子三人并称"三苏"，均在著名的"唐宋八大家"之列，以苏轼成就最高；在书法方面，他名列"宋四家"之首；在绘画方面，他提出"士人画"概念，影响非常深远……作为天才的文化巨匠，苏轼为后人留下了无数宝贵的艺术财富。

学海/拾贝

☆ 切磋，琢磨，何似偷敲破。

☆ 高，高处苦；低，低处苦。

☆ 尽道便休官，林下何曾见，至今寂寞彭泽县。

马谦斋

马谦斋，生平事迹不详。张可久有《天净沙·马谦斋园亭》一首，可知其生活时代约与张可久同时。从现存散曲作品的生活背景看，他曾在大都、上都等地为官。后来退隐，寓居杭州。今存小令十七首。

【越调】柳营曲①·叹世

手自搓，剑频磨，古来丈夫天下多。青镜摩挲②，白首蹉跎，失志困衡窝③。有声名谁识廉颇④，广才学不用萧何⑤。忙忙的逃海滨，急急的隐山阿⑥。今日个，平地起风波。

【注释】

①柳营曲：曲牌名，又名《寨儿令》，属越调，多对句。

②青镜：青铜镜。摩挲：用手抚摩。

③衡窝：简陋的房舍。

④廉颇：战国时赵国大将，"战国四大名将（白起、王翦、李牧、廉颇）"之一。

⑤萧何：汉高祖的谋臣，西汉的开国元勋。

⑥山阿（ē）：大的丘陵。

【译文】

　　摩拳擦掌，反复将宝剑抚摩，自古以来想建功立业的大丈夫实在太多。而如今揽镜自照，发现自己已是两鬓斑白，真是虚度光阴，怀才不遇，困居茅屋。名声如廉颇却无人赏识，才学如萧何而不为所用。不如快快地逃往滨海，急急地隐居深山。因为如今的社会，仕途险恶，无事生非，平地起风波。

【赏析】

　　这是一首感叹入仕之难及仕途险恶的小令，是作者一生的写照，也是整个元代社会无数有志之士一生遭遇的艺术概括。

　　作者是按照时间的前后顺序来写的。先写青年时期，写出了一个乐观向上、不畏艰难的初生牛犊似的青年在摩拳擦掌，跃跃欲试。作者紧接着感叹：古往今来像这样的"丈夫"天下何其多！然而多又怎么样呢？还不是有志难酬！下面五句，写求仕未遂，紧紧抓住一个典型细节来刻画：青镜摩挲。主人公在屡经挫折、壮志消磨后的那种萎靡而又怨愤的神情如在眼前。他从镜中发现自己已经两鬓斑白了，依然被困在简陋的小屋里。是自己胸无点墨，才疏学浅吗？接下来，作者举廉颇、萧何自比，却老之将至，一事无成。在今昔对比中抒发自己怀才不遇的愤懑之情。

　　九、十句乍看似与上文联系不上，仔细玩味文意却是似断实连。主人公那样的急于求仕，好不容易功成名就，为什么要"忙忙"地"逃"，"急急"地"隐"呢？后两句做了回答："今日个，平地起风波。""风波"指官场钩心斗角的风波。曲末四句先果后因的结构安排，一方面起到跌宕不平的效果，使曲作更加精警，另一方面也给读者留下了更多回味的余地。

　　全曲夹叙夹议，结构跌宕多姿，语言冷峭精警，具有较高思想性和艺术性。

【双调】沉醉东风·自悟

取富贵青蝇竞血，进功名白蚁争穴。虎狼丛甚日休？是非海何时彻①？人我场慢争优劣②。免使旁人做话说，咫尺③韶华去也。

【注释】

①彻：完结，结束。

②人我场：同前文"是非海"，均指官场。慢：不要。

③咫尺：原为距离很近。这里指时间短暂。

【译文】

那些官场上的人如同苍蝇争吸污血一样追逐荣华富贵，又像白蚁争夺小小巢穴一般追逐功名利禄。残暴贪婪的官场斗争何日才能休止？人世间无穷无尽的是非之争何时才能消停？在这人我相互排挤、竞争的尘世还争什么你长我短，远离这些纷争吧。免得让旁人当作笑话说，可叹青春韶华已经消逝了。

【赏析】

本曲是元代常见的叹世类散曲作品，着力鞭挞官场的丑态，对自己以前官宦生涯进行了深刻反思。

起首两句用青蝇、白蚁来形容贪婪卑劣的官僚，揭示了官场上的种种丑态：官僚士子如同苍蝇争吸污血一样追逐功名利禄，又仿佛是蚂蚁为了一个小小的巢穴而大动干戈。接下来的两句以设问的句式对龌龊官场做进一步的描绘。"虎狼丛""是非海"指官僚一个个如狼似虎、争权夺利、相互倾轧。作者不禁感叹，与虎狼为伴的生活何时结束？是非颠倒的日子何时完结？如此混乱的官场何时才能消失？

从"人我场"句开始，作者正面表明自己的人生态度。"慢争优劣"，即不再在名利场上争长短优劣。作者感叹，在这样的社会中还争什么长短优劣？还是摆脱名缰利锁，做一个洁身自好的人吧，免得让旁观者当作笑话去说。这是作者洞彻世情的经验之谈。末句"咫尺韶华去也"，感叹时光匆匆流逝，不要白白浪费了短暂而珍贵的青春年华。结尾一句将作者对自己韶华虚度的叹惋之情表现得深沉有致，又充满了苍凉之感。

这首小令善于设喻，以简练浅近的笔墨抒发了元代文人普遍的文化心态，令人感慨。

延伸/阅读

廉颇老矣，尚能饭否

廉颇是战国时代赵国名将，一生帮助赵国南征北战，尤其是在抵御强秦之时，立下了汗马功劳，并与蔺（lìn）相如一起留下了"将相和""负荆请罪"等佳话。但是，到了晚年，他遭到新即位的赵悼襄王的排挤，一怒之下到了魏国。后来，赵国屡次被秦国打败，赵王又想召回廉颇，但赵王的宠臣郭开与廉颇有仇，于是买通赵王的使者，让他说廉颇的坏话。使者到了魏国，廉颇为了显示自己依然可以被任用，在使者面前一口气吃了一斗米、十斤肉，还披甲上马，不失当年的威风。使者回到赵国告诉赵王：廉颇虽然饭量还不错，但一会儿的工夫就去了三次厕所。赵王觉得廉颇老了，就不想起用他了。廉颇在魏国得不到重用，楚王派人来请他，他就去了楚国，却没有建立什么功劳，原来他还是想为自己的祖国赵国效力。但是，赵王再也没有想起过他，他在楚国抑郁而终。

廉颇的遭遇得到后人的同情，南宋词人辛弃疾毕生希望收复汉家失地、驱逐金人，朝廷却不肯任用他，于是他在晚年凄怆地写道："凭谁问、廉颇老矣，尚能饭否？"引发很多到老雄心犹在却不被重用者的共鸣。

学海/拾贝

☆ 忙忙的逃海滨，急急的隐山阿。今日个，平地起风波。

☆ 取富贵青蝇竞血，进功名白蚁争穴。

任　昱

　　任昱（yù）（生卒年不详），生活年代大致与散曲家张可久、曹德同时。字则明。四明（今浙江宁波）人。元代散曲家。年轻时好狎（xiá）游，所作小曲流传于歌伎之口。中年功名不获，晚年锐志读书，工七言诗，与杨维桢等名士相唱和。今存散曲小令五十九首，套数一套。

【双调】清江引·钱塘怀古

　　吴山越山山下水①，总是凄凉意。江流今古愁，山雨兴亡泪②。沙鸥笑人闲未得③。

【注释】

　　①吴山越山：泛指江浙一带的山。吴山，在浙江杭州城南钱塘江北岸。越山，指浙江绍兴以北钱塘江南岸的山。

　　②山雨兴亡泪：意为山中的雨犹如为国家的衰亡流的泪。兴亡，偏义复词，偏指"亡"。

　　③闲未得：不得闲。

【译文】

　　吴山和越山下面的江河，总是透露出凄凉的寒意。江水含愁缅怀千古兴亡事，山雨犹如眼泪。翱翔的沙鸥也在嘲笑人们为世事繁忙而不得闲。

【赏析】

　　这首小令名曰"怀古"，实际是借凭吊江山抒发千古兴亡的感慨。

　　开头二句写作者的所见所感，暗点出"钱塘"二字。作者当时站在江北杭州一侧的山巅，放眼望山，俯首看水，所见极为辽阔。这山水如何呢？本当是青山如簇，绿水泛波，美不胜收。作者却说"总是凄凉意"——总是让人感到那么凄凉。三、四两句更进一层，以富于形象的联想，用两个对仗工整的比喻句，将此地山水之"凄凉意"形象化、具体化，暗示出"怀古"——为江山易主悲伤。作者笔下的钱塘山水为何那么凄凉，那么忧愁痛苦呢？其实，山也好，水也罢，它们并不会有什么"愁"和"泪"的，不过是作者触景生情，将自己的感情加之于山水罢了。

　　结句是说，江上的沙鸥仿佛在嘲笑世人没完没了地竞争奔走，显出一种跳出世外的姿态。这也是在嘲笑世人，特别是嘲笑那些甘为元蒙统治者效力的文人。如此看来，作者甘愿隐居，不与元蒙统治者合作的态度也就明白了。

　　此曲言简意赅，尤其是对民歌句式的运用非常熟练，曲文哀婉凄切，颇为感人。

延伸/阅读

元代的杭州

在杭州的发展史上，宋元是两个辉煌的时代。北宋的杭州有"东南第一州"的美誉，无数文人在这里留下名篇佳句。南宋时，杭州成为偏安朝廷的都城，改称临安，迎来了鼎盛时期，"山外青山楼外楼，西湖歌舞几时休"（南宋林升《题临安邸［dǐ］》）。此时的杭州经济文化发达、人口众多，整座城市沉浸在奢侈享受之中。终于，乐极生悲，蒙古的铁骑踏入临安。由于南宋朝廷投降，这座城市免遭较严重的破坏，经济文化得到较快恢复。

元军占领杭州不久，关汉卿就来到了这里，在套曲《一枝花·杭州景》中极力刻画杭州的繁华："水秀山奇，一到处堪游戏，这答儿忒富贵。满城中绣幕风帘，一哄地人烟凑集。""百十里街衢整齐，万余家楼阁参差，并无半答儿闲田地。"就在关汉卿到达杭州前后，意大利旅行家马可·波罗也来到了这里，并在自己的作品《马可·波罗游记》中盛赞这座"天堂之城"，觉得杭州是世界上最繁华、最富有的城市。有元一代，杭州是南北经济文化的枢纽，郑光祖、马致远、张可久、乔吉、钟嗣成、任昱……无数杂剧或散曲作家居住在杭州，使其成为全国的文化荟萃之地。

学海/拾贝

☆ 吴山越山山下水，总是凄凉意。

徐再思

名师导读

徐再思（生卒年不详），字德可，号甜斋。嘉兴（今属浙江）人。与张可久、贯云石为同时代人。他在仕途上仅止于地位不高的吏职，一生活动足迹似乎没有离开过江浙一带。现存小令一百零三首。

【中吕】阳春曲·皇亭①晚泊

水深水浅东西涧，云去云来远近山。秋风征棹钓鱼滩，烟树晚，茅舍两三间。

【注释】

①皇亭：有人考证"皇"乃"皋"之误，"皇亭"当作"皋亭"。皋亭在杭州东北。

【译文】

涧水或东流或西流，时深时浅，山峦亦近亦远，云雾盘桓。征帆被秋风鼓起，驶向钓鱼滩，暮色渐浓，透过朦胧的树影依稀可见两三间茅舍。

【赏析】

这是一支小巧而有韵味的写景小令，好似一幅水墨小品。

首二句，是工整的一联，写的是涧水曲曲折折、百转千回的姿态和云遮雾障、重重叠叠的山峦。水有深浅，山有远近，节奏轻盈跳荡，层次也很清楚。山溪时而湍急，时而潺湲，因流过的地形不同，深浅也各异；峰峦千姿百态，近处葱茏，远处暗青，时而被彩云遮断，时而又露出峥嵘面容。

"秋风"句写船泊在江边所见。船夫逆风划桨，船在水中艰难行进，一个"征"字，写尽船夫躬身用力，桨在水中翻覆的动态，画面感很强。更有远处滩头，垂钓者静静地坐在夕阳下，一竿一篓，十分悠闲。一句写出两个不同的画面，动静相间，对比感强。结尾二句，是写暮色渐浓，树影朦胧，远处两三间茅屋中透出点点灯光，夜幕降临了。

作者写的是秋江夜泊，所描景致萧疏冷清，但并不显得伤感，即使有伤感，也是淡淡的。它的意境是孤峭而高远的，情调颇似元代文人山水画。全曲清奇隽爽，值得玩味。

【中吕】普天乐·西山夕照

晚云收，夕阳挂，一川枫叶，两岸芦花。鸥鹭栖，牛羊下。万顷波光天图画①，水晶宫冷浸红霞。凝烟暮景，转晖老树，背影昏鸦。

【注释】

①天图画：天然的图画。

【译文】

晚云渐收，夕阳斜挂，秋霜染红了漫山枫叶，两岸满是雪白的芦花。

鸥鹭在芦花中栖息，牛羊从枫林中走来。万顷波光有如一幅天然的图画，红霞映入水中，为水晶宫增添了绚丽的色彩。淡淡的暮霭笼罩着大地，夕阳的余晖移动着老树的影子，老鸦背着阳光，晚霞为它勾勒出明晰的轮廓。

【赏析】

这支曲是"吴江八景"组曲的第八首，写太湖流域的美景。

曲的前四句一联三字句，一联四字句，每句一景，从天上写到地上，彤云、红叶、白芦花，色彩极为浓烈。接下来又写了白色的鸥鸟、鹭鸶，还有黄色的牛、白色的羊，用一"栖"字，描写出了鸟雀归巢，着一"下"字画出了牛羊的归牧。夜色将临，万籁渐寂……至此，一幅晚霞中的山村风俗画已粗略画出。"万顷波光"二句，作者对画面再做总体色调处理，以增强其扑朔迷离之意境，放眼湖面，粼粼波光，宛若一幅天然的画图。"冷"字尤巧，因传说中的水晶宫是寒冷的；"浸"字更妙，写出了霞光射进水中的姿势。

结尾三句鼎足对，"凝烟暮景"画出了淡淡的、飘忽的暮霭，"转晖老树"画出了夕阳的光影在树间的移动、变幻，"背影昏鸦"点缀出乌鸦背着夕阳的明晰轮廓。结尾三句是用大笔触画过之后的细心点缀，再次突出了"夕照"中景色之美妙。由此可见作者的匠心。

这首令曲写得空灵奇妙、笔苍墨润，全曲未用一字写人的活动，而是用浓墨重彩画了一幅迷人的太湖流域的风情画。

【双调】蟾宫曲·春情

平生不会相思，才会相思，便害相思。身似浮云，心如飞絮，气若游丝。空一缕余香在此，盼千金游子何之①**。证候**②**来时，正是何时？灯半昏时，月半明时。**

扫码看视频

【注释】

①何之：到哪里去了。

②证候：症候，疾病。此处指相思的痛苦。

【译文】

自从我出生到现在都不懂相思，才懂相思，便害了相思。身像飘浮的云，心像纷飞的柳絮，气像一缕缕游丝。空剩下一丝余香在此，心上人却已不知道往哪里去了。相思病的到来，最猛烈的是什么时候？是灯光半昏半暗的时候，是月亮半明半暗的时候。

【赏析】

全曲描写了一位年轻女子的相思之情，读来哀恻动人。

开头三句，说明这位少女尚是初恋。情窦初开，正切合《春情》这一题目。"才会相思，便害相思"，道出爱情的苦涩。这三句一气贯注，明白如话，但其中情感的波澜已显然可见。下面三句便具体地去形容这位患了相思病的少女的种种神情与心态。作者连用了三个比喻："身似浮云"，状其坐卧不安、游移不定的样子；"心如飞絮"，言其心烦意乱，神志恍惚；"气若游丝"，则刻画她相思成疾，气微力弱。"空一缕余香在此"，形容少女孤凄的处境，暗喻她的情思飘忽不定而绵绵不绝。至"盼千金游子何之"一句才点破了她愁思的真正原因，原来她心之所系、魂牵梦萦的是一位出游在外的高贵男子，少女日夜思念盼望着他。

最后四句是一问一答，作为全篇的一个补笔。作者设问：什么时候是少女相思最苦的时刻？那便是夜阑灯昏、月色朦胧之时。这本是情侣们成双成对、欢爱情浓的时刻，然而对于这个孤独少女来说，此时正是忧愁与烦恼爬上眉间心头，承受不可排遣的相思折磨的时候。

这首曲子在描摹相思之情上可谓入木三分、极富个性，故前人称其"得相思三昧"。

【双调】水仙子·夜雨

一声梧叶一声秋。一点芭蕉①一点愁。三更归梦②三更后。落灯花③棋未收，叹新丰逆旅淹留④。枕上十年事⑤，江南二老忧，都到心头。

【注释】

①一点芭蕉：指雨点打在芭蕉叶上。

②归梦：梦归故乡。

③灯花：油灯里结成花形的余烬。

④"叹新丰"句：用唐初名臣马周困新丰的故事。新丰，在今陕西西安新丰镇一带。马周年轻时，生活潦倒，外出时曾宿新丰旅舍，店主人见他贫穷，供应其他客商饭食，独不招待他，马周命酒一斗八升，悠然独酌，店主大为惊奇，觉得他不同凡响。

⑤枕上十年事：借唐人沈既济所作传奇《枕中记》故事，抒发作者的辛酸遭遇。

【译文】

夜雨一点点打在梧桐叶上，秋声难禁。一点点打在芭蕉叶上，惹人愁思不断。半夜时分做梦回到了故乡。醒来只见灯花在落，一盘残棋还未收拾，可叹啊，我孤单地滞留在新丰旅馆里。靠在枕边，十年的经历，远在江南的父母双亲，都浮上心头。

【赏析】

客中夜雨，倍添离人惆怅；夜半梦回，更令人百感交集。这首曲子就描写了作者这样的境遇与心情。

起首句中的"秋"字应作"愁"字解，芭蕉、梧桐也向来与愁和雨连在一起。借助于联想，开头两句便渲染出一种孤寂惆怅的气氛。"三更归梦三更后"一句点明了作者愁肠百结、夜不能寐的状态。三更正是午夜，午夜梦醒，辗转枕上，是因为绵绵的相思、悠悠的乡情，还是不可名状的悲哀？

梦回初醒，见到的只是一盏残灯与凌乱的棋盘，于是想到自己身处异乡，为天涯飘零之客，所以紧接着一句"叹新丰逆旅淹留"。雨夜梦醒，勾起作者无限愁思。"十年"只是举成数而已，泛指自己一生的萍飘蓬转与离愁别绪。"江南二老"是指自己远在家乡的双亲，作者因久客不归，使父母担忧。"都到心头"四字戛然而止，言尽意未尽，道出了客中孤怀与平生浪迹四方郁郁不得志的无限悲慨。

全曲语言朴实，感情深挚，警策动人。

延伸/阅读

酸甜乐府

贯云石（号酸斋）和徐再思（号甜斋）是元代后期两位具有代表性的散曲作家，明人觉得两人年代相近、艺术地位相匹，别号又相映成趣，故而称他们"酸甜乐府"。这一称呼最早出自明人蒋一葵的《尧山堂外纪》："（贯云石）自号酸斋，时有徐甜斋失其名，并以乐府擅称，世称酸甜乐府。"传说另有人将两人的作品合刊，称《酸甜乐府》，但目前已失其书。今人任讷（nè）将两人流传下来的作品进行合辑，亦称《酸甜乐府》。

酸斋今存小令八十六首、套数九套，甜斋现存小令一百零三首。艺术特色方面，酸斋的小令豪爽俊逸、清新秀丽，甜斋的小令则精丽工巧、细腻动人，但总的成就及影响不及酸斋。这样，我们把两位作家的作品合并观看，可以在一定程度上感受散曲中豪放与婉约两派的艺术风格，颇有趣味。

学海/拾贝

☆ 水深水浅东西涧，云去云来远近山。

☆ 凝烟暮景，转晖老树，背影昏鸦。

☆ 平生不会相思，才会相思，便害相思。身似浮云，心如飞絮，气若游丝。

☆ 一声梧叶一声秋。一点芭蕉一点愁。三更归梦三更后。

☆ 枕上十年事，江南二老忧，都到心头。

曹 德

名师导读

曹德（生卒年不详），字明善。衢州（今浙江衢州）人。曾任衢州路吏、山东宪吏。（后）至元五年（1339）作《清江引》二曲讥讽权贵伯颜擅自专权、滥杀无辜，为伯颜缉捕，乃逃吴中僧舍避祸。数年后伯颜事败，方又入京。钟嗣成《录鬼簿》称其"华丽自然，不在小山之下"。现存小令十八首。

【中吕】喜春来·和则明①韵

春云巧似山翁②帽，古柳横为独木桥。风微尘软落红③飘，沙岸好，草色上罗袍④。

【注释】

① 则明：任昱，字则明。其原作已佚。
② 山翁：指晋代襄阳太守山简，喜饮酒，醉后骑马，倒戴着白帽归来。
③ 落红：指坠落的花瓣。
④ 草色上罗袍：指游人的罗袍与青草的颜色相近，难以分辨。化自南北朝庾（yǔ）信《哀江南赋》："青袍如草，白马如练。"

【译文】

飘浮的春云恰似山简的白帽，古柳横卧溪上，成了一座独木桥。轻风吹拂着细软的尘土，落花静静地飘落，沙岸上生机盎然，青草的颜色仿佛染上衣袍。

【赏析】

至元五年（1339），作者因作曲讥讽权贵名声大噪，但也惹来祸端，被权臣伯颜追捕，避于吴中一间僧舍。在那里，作者与任昱、薛昂夫等人相交。本曲即是和任昱的《清江引》所作，任昱原作已佚。

开头两句中，春云飘浮，古柳为桥，勾勒出充满趣味、美好闲适的自然环境，隐含着超然物外的人生态度。第三句紧承前文，以暮春落红渲染，一"微"一"软"一"飘"，令整个春之画面都显得轻柔细腻了。

虽显露出一丝伤春之情，但在结尾又来了一个转折："沙岸好，草色上罗袍。"庾信的《哀江南赋》中有"青袍如草，白马如练"句，和本篇"草色上罗袍"都是从衣袍的颜色联想到青草，作者在清新而明净的大自然中得到了无限的慰藉。

此曲写乡村春景，颇具生机。作者并未多加修饰，全用白描手法，语言平实，古朴清新，宛如天成。

【双调】庆东原·江头即事

低茅舍，卖酒家，客来旋①把朱帘挂。长天落霞，方池睡鸭，老树昏鸦。几句杜陵②诗，一幅王维画。

【注释】

①旋：顷刻，随即，马上。
②杜陵：杜甫，曾自称少陵野老。

【译文】

低矮的茅舍是酒家，一位客人走入小酒店，店主人随即挂起朱帘。从窗户望去，天边一抹红霞正慢慢退去，家鸭蜷伏在水池旁昏昏欲睡，归巢的暮鸦伫立枝头。酒家的墙壁上挂着几句杜甫的诗和一幅王维的画。

【赏析】

曹德的《庆东原·江头即事》一共三首，均是极妙的写景小令。本曲为其中第一首。题目表明作者是在"江头"因有所见、有所感而作。

开头三句，作者闲步江头，看到一片酒家，是江边小村中一家普通的小酒店。店主人殷勤接待客人，因为茅舍很低，天色昏黄，光线不好，于是店主立即把窗帘挂起，让客人可以一边喝酒，一边欣赏窗外的风光。开头几句，简笔勾勒，动静结合，呈现出来的是一片清静闲适的氛围，表现出作者淡雅的情怀。

接下来几句将视线从室内引向室外，从茅屋窗口望出去，但见落霞、睡鸭、老树、昏鸦。在这个画面中，虽有"老树昏鸦"的萧瑟，重心却在"落霞"的绚烂与"睡鸭"的闲适上，恰是江南的暮秋景色，充满诗情画意，由此表现出作者内心的恬淡闲适，但也不无孤寂与落寞的情感流露。最后两句，又收结到室内的陈设，墙壁上挂着的是杜甫诗的条幅，还有王维的画作，将这酒家装点得甚是雅致，于是带给作者艺术的享受。

这支曲子语言明丽，笔下事物各具形态、色彩。通过几组镜头组接，生动鲜明地描绘出了江头黄昏秋景，并借此折射出作者高雅恬淡，但也孤独寂寞的情怀。

延伸/阅读

庾信《哀江南赋》

《哀江南赋》是中国南北朝文学家庾信创作的一篇赋。据《北史》记载，庾信留在北方，"虽位望显通，常作乡关之思，乃作《哀江南赋》以致其意"。此赋主要是伤悼南朝梁的灭亡和哀叹自己个人身世，陈述了梁朝的成败兴亡，以及侯景之乱和江陵之祸的前因后果，凝聚着作者对故国和人民遭受劫乱的哀伤，在辞、赋和整个文学发展史上都占有重要的地位。全赋内容丰富而深厚，文字凄婉而深刻，格律严整而略带疏放，文笔流畅而亲切感人，如实记录了历史的真相，具有史诗的规模和气魄，故有"赋史"之称。

全赋分为小序和正文两大部分。序文概括了全赋大意，着重说明创作的背景和缘起，虽属赋的有机组成部分，却可以独立成篇，为六朝骈文的佳制。全篇以骈文写成，多用典故来暗喻时世和表达自己悲苦欲绝的隐衷，体现了庾信在辞赋和骈文创作中的特色。

《哀江南赋》在文本形式上大量采用四六文写成，使事用典繁多而精到，结构宏伟壮阔，语词华丽优美，文辞情感浓厚，富有深重的历史文化底蕴和"史诗"气魄，是"骈俪之文"的典范。可以说，这是一篇极其优秀的赋，虽然不只是这篇赋成就了庾信，但它却在一定程度上代表了庾信晚年赋作的最高成就。

学海/拾贝

☆ 风微尘软落红飘，沙岸好，草色上罗袍。

☆ 几句杜陵诗，一幅王维画。

查德卿

名师导读

　　查（zhā）德卿（生平不详），大约元仁宗时（1311—1320）前后在世。元代钟嗣成《录鬼簿》中失载。明代朱权《太和正音谱》将其列入"词林之英杰"一百五十人中。今存小令二十二首。

【仙吕】寄生草·感叹

　　姜太公贱卖了磻溪①岸，韩元帅②命博得拜将坛。羡傅说守定岩前版，叹灵辄吃了桑间饭③，劝豫让④吐出喉中炭。如今凌烟阁⑤一层一个鬼门关，长安道一步一个连云栈⑥。

【注释】

　　①磻（pán）溪：在陕西宝鸡东南，是传说中姜太公垂钓遇文王的地方。

　　②韩元帅：韩信。汉高祖拜为大将，后被吕后杀害。

　　③"叹灵辄（zhé）"句：意为灵辄为了报赵盾一饭之恩，舍了性命，不值得。灵辄，春秋时晋人。他曾在桑树下饿得快死了，赵盾给了他一顿饭。后来赵盾被晋灵公追杀，灵辄舍命救走了赵盾。

　　④豫让：战国时晋人。豫让为晋国大夫智伯家臣，备受尊崇。后智伯为

赵襄子所杀，他便"漆身为癞（lài），吞炭为哑"，企图行刺赵襄子，为智伯报仇。后事败为赵襄子所杀。

⑤凌烟阁：唐太宗挂功臣图画的殿阁。此借指高官显位。

⑥长安道：喻指仕途。连云栈：陕西褒谷与斜谷间的栈道。在今陕西褒城一带，是由陕入蜀的要道。此喻危险的仕途。

【译文】

姜太公不该轻易离开磻溪畔，韩信不该用性命换取登坛拜将的荣耀。傅说始终在岩前才值得美慕，灵辄为了报赵盾桑中馈饭的恩情舍了性命不值得，豫让也不值得为智伯卖命。如今的凌烟阁每一层都像是一个鬼门关，长安道每一步都像是入蜀的险道。

【赏析】

这首曲子最大的特点在于用典，最大的成功之处也在于用典。作者一开篇就连续使用五个典故，如五个感叹号，在读者心中激起强烈的共鸣。

"姜太公"句隐含作者对姜太公轻易罢隐做官的否定。"韩元帅"句写韩信拜将后赔上了性命，很不值。"羡傅说"句意思是傅说要是不出仕那才是值得羡慕的。"叹灵辄"句大意是说灵辄用性命换来报答赵盾的一饭之恩，不值得。"劝豫让"句意为劝豫让吐出喉中火炭，不要为智伯卖命。

以上五个典故构成了一个整体，"贱""命""羡"三个字透露了对前三人人生道路的否定，"叹""劝"二字表达了对后二人人生命运的同情。在作者看来，追求功名，无论是成是败，结局幸或不幸，都是无意义的。无疑，这是对封建官僚体系核心价值观念的否定。"如今"是那么凶险，"一层一个鬼门关""一步一个连云栈"。联系元朝政治的实际来看，其揭露仕途的艰难和官场的险恶，劝诫人不必为虚名卖命之意显而易见。

全曲风格辛辣，感情愤激，表达了作者对进入仕途的彻底绝望和与封建统治者的彻底决裂。

延伸/阅读

凌烟阁二十四功臣

唐贞观十七年（公元643年），唐太宗李世民下令在皇宫三清殿旁的凌烟阁中画上与他一起打江山的二十四位功臣的等身画像。这些画像由著名画家阎立本绘制，大书法家褚遂良题字，唐太宗亲自作赞，代表着当时无以复加的尊崇。因此，"名登凌烟阁"成为唐代官员的最高人生理想。唐代诗人李贺在《南园》诗中写道："请君暂上凌烟阁，若个书生万户侯？"正是唐人对凌烟阁的推崇心态的写照。

首批荣登凌烟阁的二十四位功臣是：长孙无忌、李孝恭、杜如晦、魏徵（zhēng）、房玄龄、高士廉、尉迟敬德、李靖、萧瑀、段志玄、刘弘基、屈突通、殷开山、柴绍、长孙顺德、张亮、侯君集、张公谨、程咬金、虞世南、刘政会、唐俭、李勣、秦琼。后来，唐朝历代皇帝又增加了郭子仪、张巡、李光弼等人的画像。大约在唐末，凌烟阁毁于战火。

学海/拾贝

☆ 如今凌烟阁一层一个鬼门关，长安道一步一个连云栈。

汪元亨

【名师导读】

　　汪元亨（生卒年不详），字协贞，号云林，别号临川佚老。饶州（今江西鄱阳）人，后迁居常熟。元代文学家。元至正年间出仕浙江省掾，官至尚书。他生在元末乱世，厌世情绪极浓。所作杂剧有三种，今皆不传。现存小令一百首，套数一套。

【正宫】醉太平·警世

　　憎苍蝇竞血，恶黑蚁争穴，急流中勇退是豪杰，不因循苟且。叹乌衣一旦非王谢①，怕青山两岸分吴越②，厌红尘万丈混龙蛇③，老先生④去也。

【注释】

　　①"叹乌衣"句：化用唐代刘禹锡的《乌衣巷》："朱雀桥边野草花，乌衣巷口夕阳斜。旧时王谢堂前燕，飞入寻常百姓家。"乌衣，指乌衣巷，东晋时王、谢豪族所居。

　　②吴越：春秋时期，吴国、越国是两个互为仇敌的国家。因以喻相互敌对的势力。

③混龙蛇：喻好坏不分，贤愚莫辨。

④老先生：作者自指。

【译文】

憎恨那些苍蝇竞相吸食饮血，厌恶黑蚂蚁争相占领巢穴，在急流中勇退才是真正的英雄豪杰，不要因循守旧，也不要苟且地生活。东晋的王谢两家都是名门望族，但是现在也只落得个子孙零落，吴越两国紧紧相连，因统治者争夺地盘而战乱不息，让人忧虑担心，红尘漫漫，龙蛇不分，我决定辞官归隐，远离这种生活。

【赏析】

这首归隐之作，既不渲染超世出尘的极乐，也不发泄置于乱世的无奈。而是表现出鲜明的愤激之情和批判精神，以达到警世目的。在同类题材的作品中是相当可贵的。

小令的一、二句是散曲中描绘名利场丑恶常用的比喻："苍蝇竞血""黑蚁争穴"。但作者在这比喻前分别加了"憎""恶"二字，就表现出其强烈的爱憎情感，非冷眼旁观的嘲讽可比了。下面两句直言道明"急流中勇退"的原因是"不因循苟且"，作者这种隐退所显示的高洁情操、正义凛然的气概和斩钉截铁的决心就充分地表达出来了。这样，作者把这种退隐称作"是豪杰"便恰如其分，言辞中流露出的自豪也自能感染读者。

以下是作者细致的抒情。"叹乌衣一旦非王谢"意在说人世沧桑，盛衰无常。下一句"怕青山两岸分吴越"则是从地理空间的变化来观照。相邻的吴越之地，自春秋以来发生多次争斗，这是追逐私利者纷争的结果，其间的屠掠杀戮、生灵涂炭罄竹难书。这里的"怕"字流露出作者对人民命运的关切之情。第三句"红尘万丈混龙蛇"是说眼前社会将会被争名逐利者搅得一片昏暗，成为龙蛇不分、鬼蜮（yù）丛生的世界。"老先生去也"语带调侃自嘲，有傲世的意味，也给全曲增加了散曲特有的寓庄于谐的意趣。

延伸/阅读

王谢世家

琅琊（yá）王氏和陈郡谢氏是两晋南北朝时期最为显赫的两个门阀士族，诞生了许多名扬古今的政治家、军事家、文学家、书法家……到了唐代，王谢世家才日益衰落，于是诗人刘禹锡感叹道："旧时王谢堂前燕，飞入寻常百姓家。"

琅琊王氏出自琅琊郡（今山东临沂一带），其真正发迹是在历史上著名的孝子、"卧冰求鲤"的王祥之时。王祥生活在魏晋时代，曹魏时官至太尉，西晋建立后任太保，他的家族中涌现了王衍、王戎（竹林七贤之一）等重臣、名士。王祥的侄孙王导、王敦帮助晋元帝司马睿建立东晋并执掌大权，朝中大多数大臣是王氏或与王氏有关的人，故世称"王与马，共天下"。王导的后人中，还出现了大书法家王羲之、王献之等杰出人物，是很长时间内当之无愧的第一望族。

陈郡在今河南周口一带，出自陈郡的谢氏发迹较晚，在东晋中后期的淝水之战中，宰相谢安起到中流砥柱的作用，他委派自己的侄子谢玄、弟弟谢石、儿子谢琰（yǎn）等人抵御前秦大军，帮助东晋躲过了这次灭顶之灾，陈郡谢氏也因此全面崛起，成为与琅琊王氏并称的望族。

学海/拾贝

☆ 叹乌衣一旦非王谢，怕青山两岸分吴越，厌红尘万丈混龙蛇，老先生去也。

张鸣善

张鸣善（生卒年不详），名择，号顽老子。原籍平阳（今山西临汾），家在湖南，流寓扬州。元代散曲家。官至淮东道宣慰司令史。填词度曲辞藻丰赡（shàn），常以诙谐语讽人。今存小令十三首，套数二套。

【中吕】普天乐

雨儿飘，风儿扬。风吹回好梦，雨滴损柔肠。风萧萧梧叶中，雨点点芭蕉上。风雨相留添悲怆，雨和风卷起凄凉。风雨儿怎当①？风雨儿定当，风雨儿难当！

【注释】

①怎当：怎么禁受得住。当，抵挡。

【译文】

雨在飘洒，风在猛吹。一场好梦被风惊醒，骤雨落下，让人柔肠寸断。风吹过梧桐叶，雨滴落在芭蕉上。风雨交加令人增添悲怆，风和雨卷起阵阵凄凉。风雨让人如何承受？它却一定让人承受，人实在难于承受啊！

【赏析】

这是一首抒情曲，曲折地表达了作者悲怆凄凉的愁怀。

头两句描写风雨交加的情景，虽是客观描写，但为以后的抒情创造了特定的环境和氛围。"风吹回好梦"紧承第二句，意思本说风声惊醒了人，惊断了人的好梦。为现实所苦的主人公，好不容易忘却了现实，进入"好梦"，却偏又被这风惊醒，这已经令人叹惜不已了。"雨滴损柔肠"承上句，本说梦醒之后又听见点点雨滴，更感愁苦难胜，作者巧妙地说雨水并不是滴在檐前屋上，而是滴在人的柔肠上，一个"损"字耐人寻味，仿佛柔肠都被这风雨吹打欲断了，真是愁上加愁。

五、六句描述风雨，是"损柔肠"的进一步描绘。"梧桐"与"芭蕉"在古诗词中常作为孤独忧愁的意象，因此，风吹梧叶之间，飒飒之声难禁；雨滴芭蕉叶上，淅沥之音不绝。夜深人静，孑身孤影的主人公便生出一种心凉、凄楚、孤独之感。于是下两句说"风雨相留添悲怆，雨和风卷起凄凉"。风雨交加，缠绵不绝，恰似那纷乱凄凉的心绪。末尾，主人公不由得发出了深沉的喟叹，感情波澜起伏，真切细腻地道出了抒情者复杂的心理过程。

曲子通篇写风雨，通过风雨这一媒介，把外在的环境与内在的情感完全融成一片。这种情景的交融，比直抒胸臆更具表现力和感染力。

【双调】水仙子·讥时

铺眉苫眼早三公①，**裸袖揎拳享万钟**②，**胡言乱语成时用。大纲来都是烘**③。**说英雄谁是英雄？五眼鸡岐山鸣凤**④，**两头蛇南阳卧龙，三脚猫渭水飞熊**⑤。

扫码看视频

【注释】

①铺眉苫（shàn）眼：舒眉展眼。此处是装模作样的意思。元人口语。

三公：原指大司马、大司徒与大司空，这里泛指朝廷高官。

②裸袖揎（xuān）拳：捋起袖子，摩拳擦掌。这里指善于吵闹打架的人。元人口语。万钟：指很高的俸禄。

③大纲来：总而言之。元人口语。烘：指胡闹。

④五眼鸡：乌眼鸡，好斗的公鸡。岐（qí）山：在今陕西岐山。

⑤三脚猫：没有本事的人。渭水飞熊：姜子牙。这里泛指德高望重的高官。

【译文】

装模作样的人居然早早当上了朝廷公卿，恶狠好斗、蛮横无理的人竟享受着万钟的俸禄，胡说八道、欺世盗名的人竟能在社会上层畅行无阻。总而言之都是胡闹。说英雄，可到底谁是英雄？五眼鸡居然成了岐山的凤凰，两头蛇竟被当成了南阳的诸葛亮，三脚猫也会被奉为姜子牙。

【赏析】

在散曲作家中，张鸣善是颇善讽刺艺术的一位。此曲题为"讥时"，通过辛辣的笔调，对腐朽、寄生而虚伪的元代上层统治者做了无情的揭露。

"铺眉苫眼"的不学无术而惯于装腔作势的人，他们居然位至"三公"。"裸袖揎拳"蛮横无理的人，竟享受着"万钟"的俸禄。而"胡言乱语"、欺世盗名者，竟能在社会上层畅行无阻，得售其奸。开篇三句就用大笔勾勒的手法，画出了元代上层统治者的嘴脸。紧接着又总结一句"大纲来都是烘"——总而言之都是胡闹。直截了当，豪辣恣肆的语言正是散曲本色，不同于诗词的注重含蓄。以下，作者便对这种奸贤不辨、是非颠倒的黑暗现实做进一步的嘲讽。

"说英雄谁是英雄？"以反诘语气提问，以下三句便以答语做阐发，指斥当世所谓"英雄"的可笑可鄙。岐山周公、太公吕尚、南阳卧龙当然都是盖世的英雄，而元代之"三公"则欺世盗名、沐猴而冠，竟被捧为当世之周公、吕尚、诸葛亮，委以高官，实在可悲可叹！

漫画化的笔触，形成此曲一大特点。曲末三句以"五眼鸡""两头蛇""三脚猫"等民间口语入曲，强化了作品的漫画色彩。散发着一种痛快淋漓、自然酣畅的蒜酪味。在结构上是由放而收，由收而放的对称形式，读起来节奏感极强，兼有错综与整饬之致。

漫天坠，扑地飞，白占许多田地。冻杀吴民②**都是你！难道是国家祥瑞？**

【注释】

①落梅风：又名《寿阳曲》《落梅引》，入双调，是常见的小令曲牌。

②吴民：吴地（今江苏南部）的百姓。明蒋一葵《尧山堂外纪》中原作"无民"。

【译文】

雪花漫天飘坠，扑地飞舞，白白地占了许多的田地。把黎民百姓都冻死了！难道这是国家的祥瑞？

【赏析】

这是一首咏雪的小令，但不同于以往的咏雪之作，或吟咏雪之美景，或期待瑞雪兆丰年。而是通过写雪来对不合理的社会现象进行批判。

大雪铺天盖地而来，形势险恶，农民的许多田地，一下子被白茫茫的大雪占去了！"白占"是双关语。白，是雪的颜色，用以代指雪；白，又是口语所说白白地、无代价的意思。统治者掠夺民田供自己享受，充分说明这种政权已经失去了进步意义。作者为失地农民喊出了抗议的声音。霜前冷，雪后寒，风雪交加，饥寒交迫，在当时，不知有多少人冻死于大雪之夜。曲中严正地指出：

"冻杀吴民都是你！"冻杀是田地被占的直接后果，白占者是抵赖不了的。尽管民间有"瑞雪兆丰年"的说法，但另一方面它又会冻死人。故而张鸣善直言："难道是国家祥瑞？"这就彻底否定了雪为瑞物的看法。

此曲大声斥责，无论是指出雪冻杀人的罪恶行径，还是借物讥世，沉痛严峻，显示元人北曲犷悍朴质的风格。

延伸/阅读

古人咏雪

晶莹剔透的雪花和银装素裹的雪景，再加上"瑞雪兆丰年"的民谚，使得雪成为文人吟咏不绝的题材。古今咏雪的诗词数不胜数："忽如一夜春风来，千树万树梨花开""孤舟蓑笠翁，独钓寒江雪""去年相送，余杭门外，飞雪似杨花""一声画角谯门，半庭新月黄昏，雪里山前水滨"……无论是唐诗、宋词还是元曲，都有许多写雪的佳句。

而对于"瑞雪兆丰年"这句民谚，古人却有不同的看法。积雪能给经冬的麦苗保温，还能冻死害虫、虫卵，融化后还能浇灌禾苗，有利于庄稼丰收。但是，唐代诗人罗隐却写道："尽道丰年瑞，丰年事若何。长安有贫者，为瑞不宜多。"（《雪》）这是对缺乏御寒之物的穷人的同情，富有人道主义精神。元代曲作家张鸣善继承这一态度，语气更加坚决地说："冻杀吴民都是你！难道是国家祥瑞？"

对雪的不同态度，体现出古人看待事物的不同角度，其中的辩证精神值得我们借鉴。

学海/拾贝

☆ 风雨儿怎当？风雨儿定当，风雨儿难当！

☆ 说英雄谁是英雄？五眼鸡岐山鸣凤，两头蛇南阳卧龙，三脚猫渭水飞熊。

☆ 冻杀吴民都是你！难道是国家祥瑞？

倪　瓒

名师导读

倪瓒（1301—1374），字元镇，自号风月主人，又号云林子、沧浪漫士、净名庵主等。无锡（今属江苏）人。平生未曾出仕。他是元代大书画家，善诗，又善操琴，精音律。今存小令十二首。

【黄钟】人月圆

伤心莫问前朝①事，重上越王台②。鹧鸪啼处，东风草绿，残照花开。怅然孤啸③，青山故国，乔木苍苔。当时明月，依依素影④，何处飞来？

【注释】

①前朝：此处指宋朝。

②越王台：春秋时期越王勾践所建的楼台。

③啸：长鸣、长叫的意思。

④素影：指皎洁的月光。

【译文】

不要再问前朝那些伤心的往事了，我重新登上越王台。鹧鸪鸟哀婉地啼叫，东风吹着初绿的小草，残阳中山花开放。我惆怅地独自仰天长啸，青山依旧，故国不存，满目尽是乔木苍苔，一片悲凉。头上那照耀过前朝的明月柔和皎洁，可是它又是从哪里飞来的呢？

【赏析】

这是一首吊古抒情之作，内容写作者重登绍兴的越王台所引起的怀念故国、追忆往事的惆怅心情。

开篇两句记登临吊古之事和因之而引起的"伤心"感情，是述事中带抒情。作者重游前朝重地，登上当年勾践点兵复仇的越王台，不能抑制感情，所以对前朝——宋朝的往事既不堪问，也不忍闻。这两句文字简洁，但忧愤之情表现得很真挚。"鹧鸪"以下三句，作者走上越王台，只听见鹧鸪"行不得也"的悲鸣声；放眼望去，只见微风中初绿的小草、暮色里开放的山花，全是揪心的苍凉之色。这里虽没有对主体的人物做直接描写，但这种情感外化的环境已把人物怀念故国的惆怅心情做了形象化的衬托。

下片以"怅然孤啸"起领。一人孤啸，是感情激烈的表现，作者情绪在悲怆中显出激昂。他看到故国青山，乔木苍苔，山河依旧，而满目苍凉，所以情绪就更激动了。过了一会儿，明月升起。作者不由得惊问：江山已经易主，头上明月这一前朝故物又从何处飞来？这一问，把作者怀念故国山川人物的情感激发出来，让结尾收束显得奇突、有力。

作者是一位杰出的画家，他几乎是以淡墨山水画的高超技巧，把深情寄托在乔木苍苔、夕阳素影间，诗中有画，画中有诗。不尽之意，真不可限以绳墨。

延伸/阅读

大画家倪瓒

元代有四位著名画家并称"元四家"，他们是黄公望、王蒙、倪瓒、吴镇。倪瓒是独具特色的一位，他擅长画山水与墨竹，风格简约、淡雅，对后世影响极大，代表作有《江岸望山图》《竹树野石图》《溪山图》等。他的书法与诗词作品也多有佳作。

倪瓒出身富甲一方的大地主家庭，前半生生活极为豪奢。他性情孤傲，有许多怪癖，终生没有入仕。五十余岁时，天下大乱，他卖掉产业漫游太湖，希望可以避开纷扰。之后，他的艺术水平也不断提升，人人都以收藏他的画作为荣。当时农民起义首领张士诚曾想让倪瓒在自己的手下做官，遭到拒绝。张士诚的弟弟张士信向倪瓒求画，倪瓒怒斥张士信，差点儿被张士信的随从鞭打致死，但不出一语求饶，他的孤傲可见一斑。晚年的倪瓒生活日益窘迫，却依然不肯轻易作画换钱。他的笔法日益飘逸、淡泊，晚年的代表作《容膝斋图》更是中国山水画的代表作之一。

学海/拾贝

☆ 伤心莫问前朝事，重上越王台。

☆ 当时明月，依依素影，何处飞来？

汤 式

名师导读

　　汤式（生卒年不详），字舜民，号菊庄。象山（今浙江象山）人。元末明初散曲作家。著有《笔花集》。另有杂剧《瑞仙亭》《娇红记》，皆不传。《全元散曲》录存其小令一百七十首，套数六十八套，残曲一首。

【越调】柳营曲·听筝

　　酒乍醒，月初明，谁家小楼调玉筝？指拨轻清，音律和平，一字字诉衷情。恰流莺花底叮咛[①]，又孤鸿云外悲鸣。滴碎金砌雨，敲碎玉壶冰。[②]听，尽是断肠声。

【注释】

　　① "恰流莺"句：恰如黄莺在花丛中细语叮咛。化自唐代白居易《琵琶行》："间关莺语花底滑，幽咽泉流冰下难。"

　　② "滴碎"二句：形容筝声像雨水滴落在台阶上的声音，又像敲碎玉壶中清澈莹洁的冰块的声音。金砌，台阶的美称。砌，台阶。玉壶，玉制的壶。一般用其比喻人品的高洁。

【译文】

酒醉后刚刚苏醒，神志不清，月色清朗，从哪家小楼传来悠扬的筝声？弹筝人拨弄筝弦，声音轻柔清扬，音律和平，每一个音符仿佛都在诉说弹筝人的衷情。筝声一时像娇莺弄语，转喉叮咛，饱含深情，一时又像悲雁哀鸣，荡气回肠。既像窗外的连绵雨滴落在台阶上，又像是玉壶中冰块破碎，清亮铮铮。听，尽是让人断肠的筝声。

【赏析】

这首小令在写月夜听筝的感受。

首两句点明时间是月色初明的夜晚，人物的情态是忽然从蒙眬醉态中醒来，就听到"音律和平"的筝声。作者对筝声特别敏感，心中暗自发问："谁家小楼调玉筝？"字外有音，把一个情思绵邈的女子倩影活脱脱地推到了读者面前。她纤指轻拨，一声声，如怨如慕，如泣如诉，似倾吐衷肠。

以下作者又连用四个准确生动的比喻，来表现筝曲的感人：恰似黄莺在花丛叶底中用流转的歌喉尽情地倾诉、叮嘱，又像孤雁旷远凄厉的哀伤悲鸣。以下两句用正对："滴碎金砌雨，敲碎玉壶冰。"前者喻筝声为纷乱细碎的雨声，后者比况筝声为壶碎冰裂的清脆之音。时而婉转，时而凄厉；时而连绵，时而清亮。作者摹音绘声，十分准确地抓住了筝声的特征，传达出筝曲的音色声情和韵味，表现出了动人的音乐美。

最后，作者以"听，尽是断肠声"结束全曲，使无情的筝声充满了生命、情思，创造了撼人心魄的艺术境界。

此曲意象鲜明，语言清丽流畅，是出色的音乐评论作品。

延伸/阅读

朱权与《太和正音谱》

朱权是朱元璋的第十一个儿子，十三岁时被封为宁王，驻守在大宁（今内蒙古宁城），掌管着八万精兵，其中包括精锐的蒙古骑兵朵颜三卫。燕王朱棣（dì）发动"靖难之役"后，挟持了朱权，他的军队成为朱棣打败建文帝的重要助力。朱棣称帝后，将朱权的封地改为南昌。在那里，朱权为了避祸开始潜心研究道教学问，并钻研戏曲、历史，创作了十余部杂剧。

朱权一生著述颇丰，他潜心研究北曲，搜集古代戏曲研究和有关杂剧的各种资料，写成戏曲理论专著《太和正音谱》。《太和正音谱》是朱权最具代表性的作品，它是我国现存最早的北杂剧曲谱，也是中国戏曲史上重要的理论著作。在书中，朱权详细介绍了戏曲文学理论，并对元代和明初的杂剧作家与作品进行补遗，具有较高的史料价值。全书的绝大部分都是北曲杂剧的曲谱，共收曲牌三百余支，极为珍贵。

学海／拾贝

☆ 酒乍醒，月初明，谁家小楼调玉筝？

☆ 听，尽是断肠声。

无名氏

【正宫】醉太平

堂堂①大元，奸佞②专权。开河变钞祸根源③，惹红巾④万千。官法滥，刑法重，黎民怨。人吃人，钞买钞，何曾见？贼做官，官做贼，混愚贤。哀哉可怜！

【注释】

①堂堂：气象宏大庄严的样子。

②奸佞（nìng）：奸邪谄（chǎn）媚的人。

③开河：指开掘黄河故道。这里特指至正十一年（1351）的史实：朝廷命工部尚书贾鲁征召民夫二十余万，疏通黄河故道，修筑堤坝。但后来官吏趁机搜刮民脂民膏，直接引发了红巾军起义。变钞：元世祖忽必烈时期发行了纸币——至元钞。到至正十年（1350）朝廷更定钞法，发行了至正钞，强令百姓更换。原本该货币政策旨在弥补国库的亏空，到后来演变成当权者疯狂搜刮民财的手段。

④红巾：元末农民起义军，由于士兵都用红头巾裹头，故得此名。

【译文】

堂堂大元朝，贪官污吏执掌大权。开掘黄河故道、更定钞法是祸乱的根源，激起了千千万万的红巾军。徭役泛滥，刑法严苛，黎民百姓怨声载道。人吃人，钱换钱，哪朝哪代有这种事情？盗贼当了官，官当了盗贼，贤愚无法分辨。多么悲哀，真是可怜！

【赏析】

这首小令是元末传唱极广的歌谣，是元末社会的真实写照。

"堂堂大元"，大元帝国疆域辽阔，国力强盛，是当时世界的超级大国，当得起"堂堂"二字，如今却是"奸佞专权"。紧接着作者用事实讲述了人世灾难。"开河"引发民怨沸腾，"变钞"致使"物价腾踊，价逾十倍"（《元史·食货志》）。这样，红巾军起义的爆发就顺理成章了。

接下来的九句，作者采用了三字词组连缀的形式，一步步展开了元末社会动荡、民生疾苦的画面。元代社会民族矛盾十分尖锐，对于特权阶层，法律形同虚设，正所谓"官法滥""刑法重"，底层百姓面对如此黑暗腐败的现实，怎样生活下去？元代天灾不断，致使饥民遍野，甚至出现了"人相食"的惨剧，为人间罕有。最后一句仅四个字——哀哉可怜！这是面对上述种种社会灾难，面对水深火热中的人民的一声叹息，饱含着痛恨与无奈。

这首小令采取纪实的手法，痛斥当局的忠奸不分，批判现实的善恶颠倒，不由得让人感受到世道之乱、百姓之苦。

【正宫】醉太平·讥贪小利者

夺泥燕口，削铁针头，刮金佛面细搜求：无中觅有。鹌鹑嗉①里寻豌豆，鹭鸶腿上劈精肉②，蚊子腹内刳③脂油。亏老先生下手！

扫码看视频

【注释】

①嗉（sù）：鸟类的食囊。

②鹭鸶：水鸟名，腿长而细瘦，栖于沼泽中，捕食鱼类。劈：用刀刮。
精肉：瘦肉。

③刳（kū）：剖，挖。

【译文】

夺去燕子口中筑巢的泥，削走针头上的铁，细致地刮去佛像脸上的
金粉；没有中也要找到有。从鹌鹑的食囊中寻找豌豆，在鹭鸶的腿上刮
下瘦肉，从蚊子的肚子里挖出脂油。真亏您老先生下得了手！

【赏析】

这是元人小令的精品之一，显示出深刻的社会意义。

开头两句以对偶领起，简洁有力，设想新颖，下笔即见不凡。燕口之泥，针
头之铁，其屑细可知，却偏偏有人还要去“夺”去“削”。不仅如此，甚至发
展到连佛面上薄薄的一层镏金也不放过，“刮”完一遍，再细细“搜求”一番，
生怕有所遗漏。其人之贪鄙可憎，已通过这三句刻画表露无遗。“无中觅有”
四字点出其极度贪婪的恶劣本质。至此，一个到处伸手、无孔不钻、嗜臭苍蝇
式的逐利者的形象，已呼之欲出。

那些“无中觅有”的家伙，为了获利自然会不择手段。他们从幼弱的鹌鹑
的嗉囊里挖出豌豆，从瘦骨伶仃的鹭鸶长腿上劈下精肉，从微细的蚊子肚中刳
出脂油。这三个夸张至极的比喻，将元代统治者对百姓令人发指的盘剥刻画得
淋漓尽致。作者在篇末直接给以严厉的谴责：“亏老先生下手！”所谓“老
先生”，此处是对朝官的称呼。由此可见，作品的主题思想在此升华，他讽刺
的不是什么“贪小利者”，而是元朝的各级官吏。

此曲极尽夸张之能事，做到了嬉笑怒骂皆成文章，是一首漫画式的讽刺
佳作。

【正宫】叨叨令

黄尘万古长安①路，折碑三尺邙山②墓。西风一叶乌江渡，夕阳十里邯郸树。老了人也么哥，老了人也么哥，英雄尽是伤心处。

【注释】

①长安：西安的古称，是历史上第一座被称为"京"的都城。

②邙（máng）山：又称北邙山，在今河南洛阳东北，是历史上多位帝王将相的墓葬之所。

【译文】

求取功名者的车马还穿梭在黄尘滚滚的古老长安道上，北邙山上王侯将相的墓碑却已经折断了。项羽自刎的乌江渡口树叶被西风吹落，邯郸旅舍外夕阳笼罩着树木。人老了，人老了，英雄迟暮，到处都是伤心的风景。

【赏析】

此曲描写世事无常、时光飞逝、年华老去的伤感。

小令前四句，表面写景，实为感怀。"黄尘""折碑""西风""夕阳"四个意象组合显出历史的厚重积淀。莘莘学子，在黄尘万古长安路上为功名奔波；王公贵族，当时声名显赫，现仅留下三尺荒冢残碑；西楚霸王，盖世英雄，不过是世间缥缈的一叶而已。一切都不过是邯郸一梦。

这里作者既是怀古，也是对一般士子人生的慨叹。王侯将相、贤才英豪都化作了历史尘埃；人生百年，行至暮秋，又怎能不感叹、伤心呢？老了啊！真的是老了啊！这两句在感叹世事匆匆、人生短暂。而"英雄尽是伤心处"一句，在无尽伤感中，透出一种对人生价值的思考。

作者将曲子写得大气，用词上也颇为讲究。古人作文，喜用数词，用以表现程度，此曲前四句用了"万""三""一""十"四个数词，增加了作者感怀的张力，也开阔了曲子的意境。

【失宫调牌名】大雨

城中黑潦①，村中黄潦，人都道天瓢翻了。出门溅我一身泥，这污秽如何可扫？东家壁倒，西家壁倒，窥见室家之好②。问天公还有几时晴？天也道阴晴难保。

【注释】

①潦：积水。

②窥见室家之好：引自《论语·子张》"譬之宫墙，赐之墙也及肩，窥见室家之好"。

【译文】

城里积满黑水，村中遍是黄水，人人都说天上的水瓢被打翻了。刚出门就被溅了一身泥，这污浊该如何扫清？东家的墙壁倒了，西家的墙壁也倒了，家中的一切都暴露在人们眼中。问老天爷还要多久才会天晴？老天爷说他也无法保证天阴还是天晴。

【赏析】

这是一首遗失了宫调名的散曲，被元曲研究专家隋树森先生收入《全元散曲》之中。

此曲描写大雨，不写其遮天蔽日、兴江涨河，却聚焦于大雨的积水，又以"黑潦"描述城中的积水，以"黄潦"描述村中的积水，一见其人众，二见其泥多，概括极为准确。"人都道天瓢翻了"，是纯粹的口语，又见诙谐，"出门"二句，生动地写出对积水和污泥的憎怨。

街坊邻里都因大雨而墙倒屋坍，"窥见室家之好"，平时不能让外人得见的内室，也都露于人前，任人窥探。看似调侃，实则透露出无限的辛酸。转而问天，何时能够转晴？老天爷也哭丧着脸，说"阴晴难保"，总之还是毫无希望，心情实在是非常沉重的。

全曲题为"大雨"，却没有从正面写大雨，而是写出了大雨带来的后果，入手擒题，开口见物，写来非常通俗。诗词中常见的即物兴怀、婉转托意，在此完全未见，而直言浅说、明确以道，却更能使人在咏物中体会到民生多艰，元曲"寓哭于笑"的特点由此可见一斑。

延伸/阅读

红巾军起义

元朝末年，朝政腐败，天灾人祸不断，再加上当时的民族歧视、高压政策，导致民不聊生。1351 年，韩山童和刘福通借助宗教名义发动了起义，起义军全都头裹红巾，被称为红巾军。韩山童在起义尚未正式发动时就被元廷抓住杀死，刘福通就以韩山童的儿子韩林儿的名义继续指挥起义，起义军很快发展到几十万人。各地不堪元廷压迫的人民纷纷起兵响应，有的起义军打起了红巾军的旗号，如徐寿辉、郭子兴等；有的起义军不打红巾军旗号，如张士诚等。1355 年，韩林儿称帝，国号为宋。

元朝招降了张士诚，让他袭击红巾军。1363 年，刘福通在与张士诚大军的战斗中阵亡（一说在 1366 年与韩林儿一起被朱元璋杀死），红巾军起义失败。

但是，由红巾军点燃的反元起义之火已经无法熄灭。名义上从属于红巾军的朱元璋击败了杀死徐寿辉称帝的陈友谅和再次反叛元朝的张士诚，又将元廷赶回了草原，建立了大明王朝。

学海/拾贝

☆ 堂堂大元，奸佞专权。

☆ 鹌鹑嗉里寻豌豆，鹭鸶腿上劈精肉，蚊子腹内刳脂油。亏老先生下手！

☆ 老了人也么哥，老了人也么哥，英雄尽是伤心处。

☆ 问天公还有几时晴？天也道阴晴难保。